# 容疑者の夜行列車

多和田葉子

青土社

# 容疑者の夜行列車＊目的地一覧

出発……………

第一輪
# パリへ

駅の様子がちょっとおかしい。ホームに人が嫌に少ないのである。それに、駅員たちがそわそわとして、何か秘密でも隠しているようである。駅員をつかまえて、どうかしたんですか、と尋ねるのも妙であるから、黙って観察しているしかない。駅全体が化けの皮をかぶっているのに、あなたはそれを剥がすことができずにいる。

その日の夕方から夜にかけて、あなたはハンブルグのダムトア駅の近くにある小さなホールで踊った。竹の裂けるような、石橋を叩くような、時雨が降るような現代音楽の音の群れがまだ耳の奥で響き続けている。これからパリ行きの夜行に乗れば、明日の午後二時からのパリでのリハーサルに間に合う。本番は同じ日の夜七時から。翌日早起きして飛行機で行くよりも、この方がずっと楽である。あなたは自分の計画にほくそ笑んでいる。

それにしても空いている。始発のハンブルグ・アルトナ駅でもほとんど人が乗ってこなかったらしく、車内は閑散としている。まさかこれから車庫へ入るのでは、と不安になってホームを見回すと、パリ行き、という表示がちゃんと出ている。あなたは六人用のコンパートメントに一人腰を下ろして、ぼんやりしていた。新聞を買ってくるのを忘れた。列車が動き出した。ハンブルグ中央駅でも誰も乗ってこなかった。

しばらくすると、足音が近付いてきた。車掌が、乗車券、寝台券とパスポートを預かりに来たのだ。とさかのような赤い制帽のせいか、とがった発音のせいか、どこか鳥を思わせる男だった。どうやら、フランス人らしい。顔が多少緊張してこわばっているように見えた。

「このコンパートメント、わたし一人なんですか。」

と聞いてみると、車掌は、かもしれませんね、と言うように肩をすくめてみせた。どうもおかしい。

「今日はめずらしく空いているんですね。なぜでしょう。」

車掌は何も答えない。これ以上問いつめれば、角が立つ。車掌が行ってしまってから、あなたはしばらく明日の振り付けのことなど考えていた。そのうち、眠くなってきた。話し相手も読む物もないので、寝ることにした。歯を磨きに行く時に、廊下で車掌とすれ違ったので、

「今日は本当に随分空いていますね。」

としつこく鎌をかけてみると、車掌は気のせいかちょっと苦しそうな表情をして、顔をそむけた。もう、あまり深く考えないことにした。理由は何であれ、一番安い料金でコンパートメントを一人占めできるなら文句はない。心配しても仕方がない。いったいどんな危険があるというのだ。列車は線路の上を走るものであるから、過激派のグループに乗っ取られる心配もない。せいぜい、嵐が吹き荒れるくらいだろう。強風になぎ倒された樹木が列車の屋根を打ち砕いてあなたを打ち殺す可能性はそれほど大きくないように思えた。それでも、用心して下の段で寝ることにした。

あなたはしばらくすると、車体に揺られながら気持ちよく眠りに落ちてしまった。眠りのかなたで、鉄と鉄とが擦れる音が続いている。浅いような深いような眠りだった。だから、車掌に突然起こされた時には、びっくりして記憶袋を床に落としてしまい、一瞬、自分がどこにいるのかさえ分からなかった。

「起きてください、ここですぐに降りてください。」

変に感情の欠けた、それでいて音量ばかり大きな声だった。外はまだ真っ暗である。あなたは腹立たしさと気まずさの間でうろたえて、

「もうパリに着いたんですか。」

と、負けずに大きな声で聞き返した。質問というよりは時間を稼いで、その間に、これが何かの間違いであることが判明すればよい、と無意識のうちに願っていた。車掌は少しも同情の色を見せることなく宣言した。

「いいえ、パリはまだまだですが、もうすぐフランス国境です。フランスは今日から、つまり深夜十二時から、全面ストライキに入ったので、列車はすべて止まります。急いで降りる用意をしてください。」

あなたは、予想外のところから拳骨を食らったように狼狽えた。痛いというところまでいかない。文句も浮かばない。相手のない喧嘩はできない。フランス人が随分極端なストライキをすることは知っていたが、それはテレビのニュースで見て楽しむべき風景である。自分が乗っている夜汽車から降りろと言われるなんて、情報と生活の間にとんでもない接続の間違いが起こったとしか思えない。

「でも、それじゃあ、わたしはその後どうなるんですか。」

あなたは多少相手の同情を引くつもりで、情けない声を出してみる。パリ公演をキャンセルしたらいくらの損失になるのか。そんなソロバン思考が脳裏を掠めると同時に、またそれとは関係のない説明できない不安の波に呑まれた。

あなたは、この間、南アフリカでかつてアパルトヘイトの時代に抵抗運動をした人たちの話を読んだばかりだった。夜中に急に家に踏み込まれ、連行され、何が起こったのか分からないうちに、拷問に合ったり、殺されてしまったりするのである。今のあなたの状況はそれとは全く逆で、労働者がストライキをするというのだから、協力してあげなければいけないような気がする。肩を叩いて、がんばれよ、と言って、微笑みながら、寝巻きのまま、夜行列車から降りてあげなければいけないような気がする。世界を見渡せば、ストライキなどできない惨めな国もあるのだ。そういう国では、お客さまにそんな迷惑をかけるくらいなら、わたくしメが失業して餓死します、と言って自殺してしまうような可哀相な職員だって出てくるのだ。それに比べれば、誇り高くお客を夜行列車から追い出すフランス鉄道職員は健康で気持ちがいい、ああ、だから、あなたはストライキを応援したい。

でも、そうすると、パリの舞台とそのギャラはどうなるのだろう。

「わたしは仕事でパリに行かないとならないんですけどね、どうしてくれるんです？」

あなたはつい責めるような口調になってしまう。

「駅からバスが出ますから、それに乗って、パリへ行ってください。」

そう言われて、少し安心した。寝巻きの上から服を着て、荷物をまとめて降りてみると、他にも数人、降りる人たちがいた。こんなに乗っている人が少なかったということは、もしかすると、アルトナ駅と中央駅では、ストライキについてアナウンスがあったのかもしれない。今日に限ってダムトア駅から乗ったのは運が悪かった。あるいは夜のニュースで、ストライキのことを言ったのかもしれない。あなたは昨日から忙しくて新聞も開けず、ラジオのニュースも聞いていなかった。

惨めな運命共同体は、列車を降りて、とぼとぼとホームを歩いていった。駅員に、

「バスはどこですか、パリ行きの。」

とせっつくように聞くと、

「待ち合い室で待っていてください。」

と事務的に突き放された。聞いたことのない名前の駅だった。辺りは真っ暗で、街灯もない。人家もほとんどないような所なのかもしれなかった。仕方なく、待ち合い室に入ると、そこは人間たちに満ちあふれていた。熱っぽい照明にきらきらと照らし出されて、カウンターやテーブルの縁が銀色に光り、若い人たちのリュックサックが色とりどりに床を埋め尽くし、ギターをつま弾いて呟くように歌っている人もいれば、居眠りしている人もいた。高い天井には煙草の煙が渦巻いていた。みんな約束のバスを待っているのだろう。あなたはテーブルの上に置かれた簡単なメニューにクロワッサンとカフェオレ、朝食、と書かれているのを見て、急に朝食が食べたくなった。まだ朝ではないし、空腹でもないが、朝食を食べると思っただけで、夜明けの気分になれそうだった。なぜだか、値段がひどく

高い。明日明後日のために替えてきたフランがこれでほとんど全部消えてしまう。注文を聞きに来たウエイトレスが、あなたを見てにやっと笑ったので、これはひょっとして詐欺ではないか、列車から下ろされて、高いお金を払わされて、そのまま無人の土地に捨てられるのではないか。そう思ったあなたは、すぐにまた、そんな考えは馬鹿馬鹿しい、と思い直した。自分のいる場所が分からないので、人を疑いやすくなっているだけだ。これだけたくさん運命を共にする人たちがいるのだから、騙されてたまるか、と思う。ひとつだけ不思議なのは、もうすぐフランスの国境だから降りろ、と言われたのに、ここがすでにフランスであることだった。でも、そんなことに頭を悩ましていても仕方がない。あなたはクロワッサンとカフェオレの美味しさに舌を巻き、高くても諦めることにした。少しチップをあげると切りがいいので、札をウエイトレスに渡して、

「これとっておいてください。お釣りはいりませんから。」

と言った。ウエイトレスは目を丸くして、お札をぎゅっと握って、逃げるように去っていった。このくらいのチップで目を丸くするのも純情な人だ、とあなたは微笑んだ。

バスはなかなか姿を見せなかった。縁と月日は待つがよし、とゆっくり構えたあなたでも、時々、いらだちが刻み込んできて、立ち上がって、意味もなく暗い窓の外を見つめたりする。必ず迎えに来るぞという幻かもしれないバスの約束を信じて待つまわりの人たち

の落ち着きが妬ましくなる。

その時、男か女か分からないが美しい顔が脇からぬっと現れて、

「あなたの顔、テレビで見たことあるような気がするんですけれど、あなた、ピアニストでしたっけ？」

と聞かれる。相手の声は女なら低めの心を誘うかすれ声、男なら澄んだ清らかな美男の声である。あなたはこんな蜜色の出逢いの機会を目の前にして、

「バスはいったい何時になったら来るのでしょうね。」

とつまらないことを言ってしまう。投げかけられた出逢いの色気は摘み取られ、踏みにじられた。彼らは待ち時間の中で仮初めの恋を始め、うっとりして、バスがいつまでも来なければいいと思っているのに、あなたはその陶酔を分かち合うことができない。船のことは船頭にまかせて、自分が波に身体を任せていればいいのに、あなたは時刻表の先に自分の予定表を繋いで、せっかくの中断を飛び越えて、忙しく未来へ突っ走ろうとする。

やがて暗闇の中からエンジンの音が聞こえて、バスが何台か現れた。あわてて飛び乗る人もいれば、面倒臭そうにゆっくり腰を上げる人もいた。あなたは急いで一台目のバスに飛び乗って、一番前の席にすわった。バスは暗闇にヘッドライトで光のトンネルを貫いて、走っていった。しばらく行くと、国境があった。ベルギーとフランスの旗が立っている。

あなたは、はっとした。今までいたのは、フランスではなくて、ベルギーだったのだ。ベルギーもフランス語を使い、貨幣はフランだが、ベルギーのフランはフランスのフランの数分の一しか価値がない。それをフランスのフランで払ってお釣りはいらないと言ったので、向こうはその気前の良さに驚いたのである。馬鹿な成り金が気障な真似をしていると、ウエイトレスは内心、自分を軽蔑したのかもしれない。あなたはハンブルグからパリへ行く途中にベルギーを通ることを忘れていた罰に、大金を払うことになってしまった。

パリに着くと、タクシーが並んでいたので、慌ててとび乗って、行き先を告げた。

「道路が混雑していますからね、どれだけ時間がかかるか分かりませんよ。」と運転手は言った。鼻歌など歌いながら、なんだか、楽しそうにしている。ストは楽しいものなのかも知れない。機能しなくなった町は遊園地に変貌する。

あなたは、数年前マルセイユで、ゴミ収集車のストを見たことがある。道路の脇にゴミの山ができ、それが毎日膨らんで見上げるほどの高さになっても、まだストは続いた。真夏の太陽の元で、なまゴミが腐乱する。臭い、臭い、と言って、人々が鑑賞している。そこには祭りのような興奮があった。やがてストが解消されると、ゴミの山は一瞬にして姿を消した。こんなに早くあれだけのゴミを始末できるのだから、わざと障害を置いたのではないかと疑われるくらいだった。

タクシーの運転手は鼻歌を歌いながら、特に急いでいる風も見せなかったが、うまく混雑を避けて、水を得た魚のように、こまめにカーブを切って進んだ。これはこの人にまかせておけばいい、と思って背もたれにどっぷりもたれて乗っていると、劇場には二時ぴったりに到着した。ところが、劇場のドアには大きな貼り紙が貼ってあって、ゼネストのため、すべての出し物は中止となりました、と書いてある。あなたはここで初めて本当に腹を立てた。重い金属の扉は、あなたの言葉など受け付けない。こんなに苦労してここまで辿り着いたのに、と言っても、ただ、黙々と閉鎖しているだけである。あなたは、劇場の扉を脚で思いきり蹴った。こんなことはこれまでしたことがなかった。扉は、声もたてないし、震えもしない。もう一度蹴った。少年たちが三人ほど近付いてきて、そんなあなたを指差して笑った。

「何笑ってんの？　学校はどうしたの？」

と怒鳴ってみたが、笑い顔を崩さない。学校もストなのか。社会科見学で、ストを見学しているのか。学校ではストの権利はもちろんのこと、ストのやり方も教えているのか。ストの間は、みんな恐いものなど何もないらしい。あなたは腹を立てて、ぱっとその場で宙返りをして見せた。子供達が、はたと笑うのを止めた。その顔に急に尊敬の色が浮かぶ。芸は身を助ける。もう一度、とんぼを切る。すると、気分がすっきりした。

あなたは地下鉄駅を探して、地下鉄でパリ北駅に行った。駅のインフォメーションで、

「今すぐにハンブルグに帰りたいんですけれど。」

と息せき切って言うと、

「電車は全部ストップしています。」

と向こうは、平然としている。

「じゃあ、わたしはどうなるんです?」

とあなたが言うと、平然としたまま、

「ブリュッセル行きのバスに乗りなさい、そこからは、普通に電車で帰れるから。」

と答えた。またベルギーか。この駅員も同じ穴のムジナらしい。あなたは、たった一夜ベルギーの存在を忘れて眠りについた罰に、生涯繰り返しベルギーに送り返される運命にあるのだ。しかしベルギーを呪ってはいけない。ベルギーには何の罪もないのだから。ただ、そういう国が存在するというだけの話であって、あなたには、それを旅人の便宜で、目の上の瘤のように取り扱う権利はないのである。

バスの運転手はすでに回収した札束を振り回しながら、さあ乗った、乗った、と客を呼び込んでいる。満員になったら出発だそうだ。詐欺ではないけれども、人の弱味に付け込んで商売しているように思えて、あなたは、少し不愉快に思う。鉄道の切符を持っている

のに、なぜバスにお金を払わなければならないのか。ストライキして給料が上がったら、こちらの損失を弁償してくれるのか。こっちだって、貧乏なんだ。あなたはふつふつ噴き出してくる文句を噛み殺して、仕方なく券を買い、バスに乗り込んで、もう何も考えないことにする。

バスは草原を走っていった。牛の群れが遠方に見える。牛というのはなぜ草を食べる時、みんな同じ方向を見るのだろう。夜行で行って、美味しいギャラをもらって、夜行で帰るつもりが、とんだ旅行になってしまった。野心の野原は焼け野原、牛の群れに混ざって、のんびり草でも噛んでいた方がましだった。

その時、神経を擦るようなエンジンの音がして、上空に小型飛行機が三台現れた。あなたはあっと叫び声を上げた。その中の一台が、三百メートルほど離れたところを、黒い煙を吐いて、頭からまっ逆さまに落ち始めたのだ。飛行機の墜落を目撃するのは生まれて初めてだ、と思った途端、機体は地面に衝突する寸前で急に頭を起こして、垂直に飛び上がった。あなたは身体がこわばったままで、まだ声が出なかった。その時、二台目が黒い煙を吐いて落ち始めた。あっと思ったが、それも墜落寸前にまた上昇した。

「ほら、空軍が演習してる、見て。」

と前の席に座ったアメリカ人が話しているのが聞こえた。あなたはほっとすると同時にむっとする。国を守るとか言って、実は空に大風呂敷を広げて、遊んでいる。そんな暇があったら、わたしたちを乗せてブリュッセルに連れていってくれればいいのに。

ブリュッセルの駅に着いた。多分、それが駅なのだろう。バスの運転手がそう言ったのだから。ところが、ホームがない。電車が見えない。不可解な構造にからかわれながら、うろうろと同じところを歩きまわる。やっと列車の表示板があったので、ほっとして見ると、行き先がすべてロンドンになっている。ロンドン以外のところへはもう行かれないのか。労して功なし、せっかく、ブリュッセルまでやってきたのに。あなたは膝の力が抜けていくのを感じた。泣きっ面は蜜色の涙に濡れているから蜂が寄ってきて更に刺す。ロンドンに着けば、ここからはダブリンにしか行かれません、とでも言われるのだろう。家はどんどん遠くなる。それでもいいではないか、どうせ旅芸人なのだから。匙を投げてしまえ。箸も投げてしまえ。投げて、投げて、計画も野心も全部捨てて、無心に目の前を眺めよ、短気は損気、よく見ると、そこはユーロ・スターの乗り場だった。だから、すべてロンドン行きだったのだ。ほっとすると同時に、好奇心が湧いてきた。これからロンドンへ行ってみようか。遠回りに遠回りを重ねて、一番遠い帰路を選んでみようか。ドーバー海峡の水底を走るのはどんな気持ちだろう。夜の眠りの中を走り抜けるのよりももっと暗いのだろうか。

第2輪

# グラーツへ

あなたは、いつも列車の発車時刻よりもずっと早く駅に着いてしまう癖がある。それが年々ひどくなっていくので、年寄りになったら、夕方乗る列車のホームに、朝焼けに頰をあかく照らされて立っているかもしれない、と思う。そんなに早く駅へ行ってどうするの、駅というのは退屈なものでしょう、と友達に言われると、何と答えていいのか分からない。駅は確かに退屈な場所かもしれない。退屈でうんざりしてしまうからこそ、忙しいという思いが消え、緊張がほぐれる。退屈は、余裕である。そう思って、一人ににやにやしながら、ホームを行き来する。灰の中を歩行する人のように、靴底の感触が妙である。キオスクを覗いてみる。そこに売っている物には何も買いたい物などない。見飽きたチョコレート、もう読んでしまった新聞、喉も乾いていないし、ガムも要らない。要らないものばかりだ。そう思うと、あなたはますますほっとする。

ドナウエッシンゲンの現代音楽祭は昨日終わった。今朝はホテルでゆっくり朝食を取ってから、ドナウ川の源なるものを見学しにいった。ここからあの雄大なドナウ川は発生しているのです、と言われて、そこにある水たまりを見た。こんな少ない水が、いったいどうやって大河に成長していくのか。それは水だけが知っている。蛇の道は蛇が知る、水の道は水が知る。

あなたはその夜、チューリッヒへ行き、夜行でそこからグラーツへ移動するつもりだった。明日の昼から、グラーツの劇場で練習があり、夜はゲネプロである。このプロジェクトでは、あなたの踊りは演劇の一部で、実際に舞台に立つ時間は八分程度であるが、打ち合わせはきちんとしておかないといけない。ドナウエッシンゲンから、ジーゲンに出て、そこからチューリッヒ行きの電車に乗り、一時間ほど待てば夜行に乗れるはずだった。チューリッヒには、あなたが長いこと逢っていなかった友達が住んでいた。夜行列車を待っている間に駅に来てもらって、駅のカフェーで逢う約束をしてあった。どうしても直接逢ってしなければならない話があったが、そのためにわざわざチューリッヒへ行くことのできないうちに年月がたっていたから、この乗り換えはちょうどいい機会だった。

ホテルに預かってもらっておいたトランクを取りに行くと、もうホテルの近くの道も閑散としていた。きのうまで音楽祭に来ていた人たちは今朝みんな帰ってしまったようだった。

あなたが駅に着いた時は、まだ列車の来る三十分も前で、ちょうど同じジーゲン行きのひとつ前の列車がホームに入ってきたところだった。あなたはそれには乗らなかった。なぜ乗らなかったのかは、後になっても分からなかった。計画外の列車に乗って早く着いたつもりで得意になっていると、旅運の神々の逆鱗に触れ、予期せぬ事故が起こるかもしれない。初めから乗ろうと思っていた列車に事故が起こったなら仕方ないが、早い列車に乗ったために余計な事故に遭うのは、すべてが自分の責任になってしまいそうで嫌だった。そこで、その電車を見送って、あなたはホームでぼんやりしていた。

やがて、同じホームに、黒いビロードのスーツを着た女性に手をひかれるようにして、五十代半ばの体格のいい男がどこか自信なさそうに入ってきた。男は、妙に厚着で、しかも襟巻きに顔をうずめている。男は大きめの旅行鞄を持っているが、女は小さなハンドバッグをひとつさげているだけだ。女の指先はしきりと別れを惜しんで靡いているが、男は自分の鬱に打たれたように、うなだれて何も言わない。コートのポケットから音楽祭のパンフレットがはみ出している。

定刻を過ぎたのに、列車はまだ来ない。あなたは勝手な物語をこっそり織り始めた。男は毎年一度、この土地へ音楽祭を理由にやってくる。そして、この町に住んでいる恋人と、もちろん妻には内緒で、一年に一度、二泊三日を過ごす。織姫さまと彦星さまが一年に一度逢うように。男は、社会的に立派な地位にありそうな顎つきをしている。がっしりとした肩は安定した角度で周辺を見回している。時々、不安げに辺りを見回す様子が不似合いだ。壁に耳あり、障子に目あり、いつばれてしまうか分からない。そうしたら面倒な離婚訴訟が待っているのだろうか、逆子の夢を振払うように、男は時々首を左右に振る。のだろう、とあなたは勝手に考えている。

列車は来ない。もう二十分も定刻を過ぎている。あなたは不安になって、駅員を探して訴える。

「確かに遅れているようですね。」

と語尾のお茶を濁している。

「いつ来るんですか。」

「そうですね、聞いてみましょうか。でも、分かるかどうか。」

頼りない答えだが、何も分からないままホームに立っているよりはましだった。たとえお茶でも一時空腹を忘れさせてくれるようなもので、どんな言葉でもかけてもらえば安心する。駅員はどこかに電話しているが、繋がらないようで黙っている。あなたは、いらいらしてくる。すぐ近くにある隣の駅が始発なのに、どうして二十分も遅れることができるのかと、意地悪く聞いてみたくなる。しかし、駅員に当たってみても仕方がない。天気の悪いのをニュースキャスターのせいにするようなものだ。別れのことばかり気にしていた男女も、やっと列車の来ないことに気がついたのか、こちらへ近付いていた。駅員は、やっと電話が繋がったらしく、初めは小声でしきりと情報を引き出そうとしていたが、そのうち藪から棒に大声を出した。

「え、どうして、そうなるんですか。全く信じられない。そんなことありますか。」

嫌な予感がしたら、図星だった。その電車は故障しているので、修理しなければならない。今、代わりに走れる車輛がない。あと三十分待てば次の列車が来ますからそれに乗ってください、ということだった。でも、次の列車では、ジーゲンでの乗り換えに間に合わない。そうすると、チューリッヒで夜行に乗れなくなるに違いない。あなたは、へなへなとベンチに腰かけた。なぜ一本先の列車に乗らなかったのだろう。あれに乗って、ジーゲンで退屈していればよかったのだ。これでは、靴のひもが見つからないためにオリンピック出場を諦めるようなものではないか。あなたはこれから一生、一本前の列車を見たらそれに飛び乗る決心をする。

「それじゃ、仕方ないから、あたしがジーゲンまで車で送ってあげるわ。」

と例の女が連れの男に言う声が耳に入った。あなたは普段ははにかみやで、知らない人に声をかけたりできないのだが、この時はひるんでいる場合ではなかった。

「すみませんが、わたしもジーゲンまで乗せていってくれませんか。チューリッヒ行きに乗り換えないといけないんで。」

「おや、あなたもチューリッヒまでいらっしゃるんですか。」

と男が襟巻きから首を突き出して人なつこく言った。それから数秒後、急に後悔したのか、目をそらした。その目を追うように、あなたは答える。

「ええ、実はその先があって、チューリッヒからグラーツ行きの夜行に乗らないとならないんです。」

女が同情の色を顔に浮かべて、

「それは大変ですね。どうぞ、お乗りになってください。」

と言った。車に乗ってから、あなたは少し後悔した。ベンツの車内は広々としていて窮屈ではないが、前に座った二人が、もし自分がいなければ、どんなに自由に愛情の単語群星を交わし合うことができたか、と思うと、邪魔をしている自分が嫌になった。何しろ二人は天の川で、一年に一度しか逢えないのだ、とあなたは二人の事情を勝手に決め込んでいる。

女はハンドルをしっかり握りながらも、時々鏡の中を覗き込んで、社交的な配慮からか、後ろの席にすわったあなたと短い会話を交わそうとする。

「やはり、音楽祭にいらしたのでしょう？　ピアニストでいらっしゃるの？」

「いいえ、ダンサーなんですけれど、演奏パフォーマンスで参加させてもらって、踊ったんですよ。踊りと言っても、バレエみたいなのじゃありませんよ。部屋にあった五十本以上のコンセントをすごい早さで抜いたり入れたりして、電気楽器の演奏がそれによって変わる、というようなパフォーマンスをしていたのですが。」

「コンセント？　ああ、エレクトロニックが今年のテーマでしたものね。」

今回の出演はやはり断ればよかった。初めはビデオで代用してもらうアイデアも提出したのだが、どうしても本人に来てほしいと言われた。どんなにビデオが優れていても、生身の身体にはかなわない、と言う。生きている犬の方が死んだ虎よりもましだということだろう。それで無理したのがよくなかった。あしたの昼までにグラーツに着けなかったら、どうすればいいのだろう。

腕時計に目をやると、もうジーゲンではチューリッヒ行きの電車が出る時間である。あとどのくらいしたら着くのかとハンドルを握るオリヒメに聞いてみたいのはややまやまだが、なんだかせかすようで、聞くことができない。このままいつまでも着かなければいいとオリヒメは思っているのかもしれなかった。そうすれば、ヒコボシといっしょに過ごす時間が宇宙的な長さに引き延ばされる。一方、ヒコボシの方はこんな偶然のせいで、秘密が漏れてしまうかもしれないことに腹を立てているのか、不機嫌そうに黙ったままだった。

ジーゲンに着くと、あなたは二人の別れの儀式の邪魔にならないように、そのまま早足で去ろうとした。ところが今度は男の方が、

「ちょっと待ってください。わたしもチューリッヒへ行くのですから、いっしょに行って、夜行に待っていてもらうよう交渉してみますよ。」

と言った。ヒコボシとオリヒメの別れはあっさりしていた。男は、女がいなくなるとむしろほっとしたようで、急におしゃべりになったので、あなたは、自分の作り上げた天の川の恋物語に自信がなくなった。もしかしたら、この男は本当に現代音楽の中毒で音楽祭に行かずにはいられないのに、行くと昔の恋人が必ず姿をあらわすので、むしろ困っているのではないか。女には逢いたくないし、現代音楽は聞きたい。どうすればいいのか。ヒコボシの悩みはむしろ、そんなところにあるのではないか。

チューリッヒ行きの電車はすでに出てしまっていた。次のチューリッヒ行きの電車に乗るしかない。が、それでは、夜行には間に合わない。男が、駅員にどうすればいいか聞いてくれた。とにかく次の電車に乗って、そこの車掌に事情を説明してください、ということだった。そうすれば、夜行に連絡して、うまくいけば、夜行が待っていてくれるかもし

れない。

あなたは体格の良いヒコボシと並んでホームに立って電車を待った。あなたはヒコボシに、作曲の方ですか、と聞いてみる。するとヒコボシは、自分は物理学者で音楽は単なる趣味だ、と楽しそうに答えた。外見から判断するとチューリッヒ工科大学の教授か何かだろうと思ったが、具体的な職のことは聞かなかった。相手は身元を知られたくないと思っているのに、こちらが無理に問いつめて、紅鮭のような嘘を吐かせては気の毒である。

「わたしは自然科学は小学校の頃から苦手で、」

と言って、あなたは少し話題をずらす。

「いやいや、立派なアーチストでいらっしゃる。舞台拝見しましたよ。」

と男はさっき女のいるところでは言わなかったことを言い出した。あなたは、自尊心の脇の下をくすぐられて、

「いいえ、アーチストなんていうほどのものではありません。わたしみたいなのは、雲や水のように、土地から土地へ流れて歩くだけですよ。」

と答えた。

「わたしたちみたいに乾いた仕事をしている者には、華やかなアーチストの生活は、絵に描いたシャンペンみたいなものです。うっとり眺めているだけで、飲むことができない。」

「そんなことはありません。シャンペンではなくて、蛙の小便を飲まされることがほとんどです。何しろ、朝から臍でお茶を沸かして、法螺貝吹いて、絵に描いた花をライバルと争いながら、生米を嚙むようにして生計立てていくんですからね。もし物理の才能があったら、こんなこと、しませんよ。」

男は大声で笑った。

チューリッヒ行きの電車が来て、あなたとヒコボシはまるで友人同士のように同じコンパートメントに乗り込んだ。国境警察が物売りのように車内を通り過ぎていった後、スイス鉄道の車掌がまわって来ると、男は急にスイス方言に切り替えて、あなたの事情を説明してくれた。同じ土地の人間として方言で頼まれると、嫌とは言えないようだった。方言はお金よりも強く人を縛る。車掌は、電話で夜行に連絡して聞いてみます、と約束して去った。信頼の置けそうな口調だった。ところがそれっきり戻ってこない。どこで油を売っているのだろう。それとも、約束のことなど忘れてしまったのか。もうすぐチューリッヒ駅です、という放送が入った時、やっと、車掌は息せき切って戻ってきて、

「すみません、電話がどういうわけか、ずっと繫がらなかったんです。夜行はもう出てしまいました。」

と謝った。嘘とは思えなかった。あなたはお腹の力が抜けていくのを感じた。今夜は、

チューリッヒに泊まるしかないのだろうか。明日の早朝列車があったとしても、昼前にはグラーツに着けないだろう。ヒコボシは、

「これから、いっしょに窓口に行って相談してみましょう。」

と言って立ちあがった。あまり自信のある言い方だったので、あなたは巨人に負ぶさって空を飛ぶようなつもりでついていった。窓口では、男はまたスイス方言で相手をぐいぐい押すように質問を重ねている。しばらくすると、あなたの方に振り返って、メモを手渡した。

「これから、ウィーン行きの夜行が来るから、それに乗って、あけがたの四時にザルツブルグで降りなさい。そこからグラーツ行きの始発に乗れば、昼には着きますよ。」

あなたは手品でも見せられたように、ぽかんとしている。だまされたような、救われたような気持ちである。そうか、方角のちょっと違う夜行に半分だけ乗って、途中で乗り換えることで軌道修正すれば、間に合うのか。そういう物の考え方もある。

「本当にお世話になりました。もし、あなたがいなかったら、途方に暮れていたところです。」

「グラーツ公演も頑張ってください。」

「あなたもお元気で。」

彼女によろしく、と言おうとして、あなたは口を噤む。男の浮気の目撃者になるつもりはなかった。もちろん、住所も交換できない。今度チューリッヒのどこかで偶然出逢っても、向こうは他人のふりをするだろう。向こうは、奥さんといっしょかもしれない。

列車に乗り込むと、あなたは、むさぼるように毛布にくるまった。半分だけの眠りをこの車輛から買い取った。あけがた四時には寝床の温もりとの別れが来る。そういう辛い思いをしなくてもいいようにいつもちゃんと計画して、時間通りに行くように気をつけているのに、なぜ、こんな目に遭わなければいけないのか。あなたは、夜を切断されることが大嫌いである。しかし、実際そういう運命を目の前にしてみると、新鮮さを感じないこともない。

列車はいつの間にか走り出していた。浅い眠りの表面をすべっていった。一度、列車がしばらく止まっていて、人の声がしていたのは、スイスとオーストリアの国境だったのだろうか。眠りの深いところに降り始めたところで、はっと目がさめた。チューリッヒの友達に電話するのを忘れてしまったことを思い出した。彼女はホームで待ちくたびれて、また家に帰っていったのだろう。せっかく、この便利な機会を利用して長過ぎるズボンの裾のように引きずってきた問題を解決しようと思っていたのに、逆に相手を呼び寄せて騙すようなことになってしまった。

あなたは、彼女が学生時代に書いた詩が気に入って、それを、ギター弾きの若い男に見せたことがあった。詩は未発表で、当時そのコピーを持っていたのは、あなただけだった。男はそれらの詩がひどく気に入って、言葉面を少しだけ変えたものに無断で曲を付けて歌い、やがて有名になった。あなたは彼女からは、人の詩を無断で売り渡したと思われているに違いなかった。それに近い非難を人から聞いたことがある。直接会ってその辺の事情を説明し謝っておかなければいけないと思いながらも、ずっとスイスまで来る余裕がなかった。今やっと来たのに、待ちぼうけを食わせて素通りしてしまった。

夜明けというよりは真夜中のザルツブルグで、列車から降りた。犯罪のにおいは全くしなかった。むしろ、もう仕事に出かける労働者の息遣いが聞こえ始めていた。寒い。あなたはコートの前を喉元を締め上げるように抑えて、ぶるぶる震えていた。知らない時間の中に投げ出された。出発点と到達点はそのままなのに、その間の時間と空間が、くしゃくしゃに揉まれた。

グラーツ行きの始発列車に乗ると、座席から夕べの夜のにおいがかすかに立ち上って来た。誰かが夕べこの席で煙草を吸って焼酎を飲んだらしい。外が次第に明るくなっていく。鳥のさえずりの切れ端が走り抜けていく。田舎の小さな駅で、十三、四歳の少年、少女たちが、どっと乗り込んできた。中に入るとすぐに教科書を開いて、おさらいを始めた。今日が試験らしい。他人の日常の中にあなたは急に飛び込んでしまった。一人の子供があなたの方をこっそり盗み見て、あなたと目が合うと、また教科書に目を戻した。その瞬間、子供の心に浮かんだ言葉は何だったろう。あなたも昔は子供だった。いつものように公園で遊んでいると、リュックサックを担いだ旅の外国人がどこからともなく現れて、ベンチに横になって眠ってしまったのを見たことがなかったか。長旅の疲れも海の大きさも子供達には分からない。それでいて、そのすべてを背負った彼の身体が不思議な総合体になって、子供の目の前に現れ、何かを暗示していなかったか。

# 第3輪
# ザグレブへ

これは、まだユーゴスラビアのあった頃のことである。あなたはまだ学生で、ジーパンも一本しか持っていなくて、あなたが顔を真っ赤にして未来の舞台芸術の話などしても、まわりの年長者たちは薄い笑いを浮かべているだけだった。なぜなら、あなたはまだ一度も舞台に立ったことがなく、文章を発表したこともなく、大学の文学部には中途半端なところでぶらさがっているだけだったし、生まれてから一度も誰かに凄い奴だと言われたことがなかった。それでも、焦燥感はなかった。どこへ到着したいのか、目的地がどのくらい遠いのかさえ想像することができなかったし、一人の人間にはどのくらい時間があるのかということについても考えたことがなかった。特に夏休みには、枠も升目もないたっぷりとした液体状の時間の中を漂い、理由もなく他所の国を彷徨っていても、無駄なことをしているなどとは思ってもみなかった。あなたはイタリアを見てまわった。ローマでは、世界の資本主義国から、似たようなリュックサックを担いだ若者達が集まってきていて、同じクラスの友達どうしのように、挨拶を交わした。広場へ行って、泉の縁に腰掛け、とりとめのない話をしていることもあった。スパゲッティーを食べに行こうという話になって数人でレストランを探して町を歩きまわり、結局値段が高すぎて入れる店がなく、小さな食品店でパンと水を買ってそれで食事をすませることになったりもした。自分達は似たような境遇にある、とみんなが感じていた。みんな、どういうわけか自分は戦争が嫌いで旅行が好きなのだと信じていて、お金がないことと、まだ仕事も家族もないことが共通点だろうと漠然と感じていた。しかし、みんなの共通点はむしろ、お金があることだったのだ、と今になって思う。お金があるというのは、量の問題ではなく、自分のいつも使っているお金を外貨と交換することができる、という意味である。

あなたはミラノからトリエステに出た。アドリア海の表面からはねかえってくる光は、空気のプリズムを通って屈折分散し、あなたは目眩を伴う疎外感を感じた。めずらしく「退屈」という言葉が頭に浮かんだ。美しすぎるとも思った。もともと壁の赤みがかった家並みが夕日に赤く染まって、海沿いの丘に並んでいた。朱に交われば赤くなると言うが、もともと赤いものだってあるのだ、とあなたは思った。

トリエステでは、ザグレブ行きの夜行に乗るつもりで駅に行った。いよいよユーゴスラビアに入るのだ、と思った。すでに暮れかけた駅の構内には、地中海とは掛け離れた雰囲気が溢れていた。シベリアのにおい、スラブの温もり、冬の、毛皮の、藁くさい煙草の、ニンニクのにおいだった。

ユーゴスラビアに行くことにしたのは、ビザが不要だったからだ。当時の社会主義国で、ビザなしで入国できたのは、この国だけだった。他の国に入るためには何カ月も前から手続きを始めなければならず、イキアタリバッタリを装おう若いトラベラーには面倒だった。もちろん、それだけの理由でユーゴスラビアに行ったのではないが、それ以外の理由はあまりにも漠然としていた。どうしてユーゴスラビアへ行くのですかと聞かれると、あなたは困った。ユーゴスラビアという名前を聞いた時に頭の中に湧き起こる雑多な映像、その入り乱れ方が、あなたに何か予感のようなものを与えていたが、それは説明しにくいものだった。

駅の待ち合い室の暗さに目が慣れてくると、次第に人々の輪郭に色彩が加わり、細かいところまで見えてきた。たとえば、前方で屈伸運動をしているように見える男は、よく見ると、自分の足に紺色の厚い布を巻き付けてガムテープでとめている。更によく見ると、それは布ではなくて、ジーパンである。ジーパンを履かないで脚に包帯のように巻き付ける人間がいるだろうか。右脚の腿に一本、左脚の腿に一本、巻き付けて、ガムテープで貼り付ける。男は更にふくらはぎにも左右一本ずつ巻いて貼り付け、最後に上から太い作業ズボンをはいた。痩せて骨張った顔に太い下半身が不似合いだった。あなたは社会主義圏では意外なものが高価であることを思い出した。良いジーパンなら、ソ連では毛皮のコートと交換してくれる、と聞いたことがある。とすると、男はイタリアからユーゴスラビアにジーパンを密輸しようとしているのかもしれない。

焦茶色の擦り切れた背広を着た小柄の男が二人、片言の英語であなたに話しかけてきた。一人は目のまわりが腫れて赤く染まり、涙が薄く膜を張っている。鬼の目だ、とあなたはふいに思った。今しゃべっているのは、もう一人の方だった。あなたがこれからどこへ行こうとしているのか知りたいらしい。あなたは正直に、ザグレブへ行きたい、と答えた。すると、二人は声を合わせて、あの列車は良くないから、自分達が車で乗せていってやる、と言う。あなたは、列車が良くない、という言い方に戸惑う。良くない列車というのはどんな列車だろう。いつまで待っても来ない列車、いつまでたっても発車しない列車。あなたは二人の顔を見る。いつまでたっても目的地に着かない列車は、良くない列車だろうか。二人はあなたの当惑を見てとって、あの列車はスピードが遅いし、椅子が古くて固い、と言った。あなたは二人の顔が二つのアボガドのようによく似ていることに気がつく。一人が鋭い視線をあなたの腕時計に走らせた。ローマの街頭で記念に買った安物である。しかし、彼の目には一瞬、飢えの閃光が走った。これは馬脚を現したかな、とあなたは一瞬疑う。悪魔は馬のように蹄のある足をしているそうだ。二人の男は靴を履いているので蹄があるかどうかは見えない。彼らの車に乗ってしまったのでは、我が身の鍵を悪魔に預けたようなもの、金が金を呼ぶのではなく、金のない自分が金めあての人間を呼び寄せている、と思った。二人はあなたの腕にやさしく触れ、車で行こうと繰り返し誘った。あなたは自分の意志に反してうなずいて、一歩を踏み出してしまった。まるで催眠術をかけられたかのようだった。そうだ、乗りかけた話から降りることはない、地獄に行っても友達けできる、こうなったら行くところまで行こう、毒を食わば皿まで、犯罪人の寸劇を最後まで見極めてみよう、などと心にもない考えがあなたの心をよぎった。

その時、脇から、体格のよい五十代の女が、しっかりした足取りで近付いてきた。民話的な色合いのスカートやスカーフが絵本にでてくる農婦のようだったが、口調ははっきりしていて、話す英語は正確だった。この人たちは悪い人たちだから、ついていってはいけない、車に乗せて、あなたの時計を奪うつもりなのだ、と言う。二人の男は頭を叩かれた小さな子供のように、首を引っ込めて、こそこそと逃げていった。あなたは女傑にお礼を言った。まわりを見回すと、その女だけが特に逞しいのではなく、まわりに雰囲気の似た女たちが数人立っていて、こちらに微笑みかけていたが、みんな頑丈そうな身体をしていた。あなたは急に目がすっきりとしたように感じ、行き先表示板が目の前にあるのに気がついた。ザグレブ、そう、あなたはザグレブへ行こうと思っていたのだった。

それにしてもさっきの男達は、本気で悪事を働くつもりならば、双児でそろって顔を出すような愚かな真似は避けた方がいいのではないか。あれでは、目立って仕方がない。双児であることを利用して、アリバイ工作でもした方がいいのではないか、とあなたは余計なことを考える。善の道に弱い者がつい悪の道に入ってしまって、そこでも弱さをさらけ出して仕事していることがよくある。イタリアでは、時々、まわりに付きまとい怪しげな目つきでこちらをうかがっている男たちがいた。あなたが睨むと、こそこそ逃げていった。素人にも見破られるようなことをなぜするのかと思い、見ていて前歯の裏が痒くなりそうだった。腹の中に刀を隠し持っていれば、それが目から突き出して見えてしまう。まず、自分を騙すことから始めなければいけない。あなたは、いつの日か自分が業を磨いて詐欺師になっているかもしれないと思った。しかし、その時には自分でも自分のでっちあげた作り話を信じ込んでいるに違いない。自分は世界一流の舞台芸術家である、今素晴らしい構想が頭の中にあるのだが、あいにく家に泥棒に入られて財産を失ってしまった、一度だけ大きな公演をやらせてくれれば立ち直れるのだが、と言って自分を売り込み、お金を出させて、公演をやって、金を稼ぎ、有名になる。

猿が月を捕るような話でも、上手く話せば信用してもらえるのではないか。信用されたら、身を粉にして働こう。粉になった身は麻薬の白い粉のようにまわりの人を酔わせるかもしれない。一度成功してしまえば、あなたが嘘から出発したことなどもう誰も思い出せないはずだ。骨を削ってできた白い肥料は栄養たっぷりで、石の上にも花を咲かせるだろう。

駅の待ち合い室の薄闇の中では、相変わらず、勤勉な密輸の準備が行われていた。どれも家庭的な暖かさのある手作りの密輸だった。籠の底に煙草を隠して、その上にたくさん鶏の卵を置いたり、上着の裏地に切り口を作って、中に煙草を入れて縫い合わせたり、細かい作業が目まぐるしく続けられていた。

線路をきしませながら、重い車輛がホームに入ってきた。その頃のあなたはもちろん寝台券など持っていない。固い木の椅子にすわって眠るのである。列車は両端が見えないほど長かった。待ち合い室には人がたくさん待っていたが、それでも長いプラットホームに分散してみると、それほど数が多くはなく、列車は全く混雑しそうになかった。あなたは誰もいないコンパートメントに入っていった。すると、その後をつけるようにして、男女が三人、同じコンパートメントに入ってきた。他にあいているコンパートメントけたくさんあるはずなのに妙だ、とは思ったが、ハローと親しげに挨拶されると、別のコンパートメントに移る気にもなれなかった。それに、一人でいるよりも何人かいた方が安全かもしれない。

あなたがリュックサックを棚に上げようとすると、まぶたの片方腫れた男が急にあなたの腕に手をかけて、ちょっと待ってくれ、と目で合図した。それから声をおとして、トランクが満杯でもう入れる場所がないからこのコーヒーの包みをあなたのリュックにしばらく入れておいてくれ、と言って、コーヒー豆の五百グラムほど入った紙袋を二つ、コートの内ポケットから出して、あなたに手渡した。あなたのリュックサックにはまだ余裕があった。記念に何か買って持ち帰る場合を考えて場所を開けてあったのだ。ジーパン一枚にTシャツ二枚に下着しか持っていないのだから、もともと荷物は少ない。あなたは何も考えずに快く承諾して、コーヒーの袋をリュックの脇ポケットに入れた。すると、後の二人も懐から同じようなコーヒーの包みを二つずつ出して、あなたに手渡した。今考えると、この時、何の疑いも持たなかった自分が不思議である。入れる場所がないからコーヒーをリュックに入れておいてくれと、赤の他人に頼む人が、どこの世界にいるだろうか。しかし、この時のあなたは、何も考えずに喜んで言われた通りにした。長旅で、誰の役にも立たず、一方的に人の世話になるばかりの旅人であることに内心うんざりし、やっと人の役に立てることが嬉しかったのかもしれない。

手触りからして中身が麻薬などではなくコーヒー豆であることに間違いなかったが、挽いてないせいか、香りは全くなかった。三人はコーヒーを懐から出してしまうと、思ったよりも痩せていた。彼らに限らず、この列車に乗っている人たちはみんなスマートなのに、密輸品の綿入れを着て着膨れしているから、堂々として見えるのかもしれない。脚の太い人は脚にジーパンを巻いている。腰の太い人や胸の厚い人は、コーヒー豆を肌に抱いている。

やがて列車はゆっくりと動き出し、後の三人はスラブの言葉で穏やかに雑談を交わし始めた。当時のあなたはロシア語を習っていたし、「セルボクロアチア語会話集」というのもポケットにいれてあったが、みんなの会話の内容はもちろん分からなかった。今はセルビア語というものがありクロアチア語という全く別の言葉があることになったので、セルボクロアチア語などと言ったら怒られてしまう。しかしこの二つの言葉はやはり随分似ているに違いない。もちろん、あなたは、この時に聞いたのが、セルビア語だったか、クロアチア語だったか、などと聞かれても全く答えられないだろう。ひょっとしたら、一人はクロアチア語を、もう一人はセルビア語を、三人目は又別の言葉をしゃべっていたかもしれないのだ。

あなたは意味の分からない快い言語のリズムに揺られて、うとうとし始めていた。それは幼年期に戻ったような感じでもあった。大人達がなにかしゃべっている。その内容が分からないことなど気にならない。文節が波のように押し寄せては引き、母音や子音が不規則なリズムを刻む。言語は規則的な心臓の鼓動に逆らって、闇の眠りに落ち着きのない色とりどりの映像と飢餓感をもたらした。線路の音は心臓の音のように規則正しいが、人間の発する声は速度が絶えず変わっていく。

突然、役人の声がして、談笑が切断された。あなたは、はっと目をさました。制服の男が二人、拳銃を肩にかけて立っている。後の三人は、あわてた風もなく、顎で蠅を追うような無気力な様子で立ち上がり、身分証明書を渡して、犯罪者のように両手を挙げた。制服の男のうち一人が銃を肩からはずして手に持ち、もう一人が、ボディーチェックを始めた。上着の内ポケットを丹念に調べている。そこにはもうコーヒー豆はなかった。あなたはどきっとした。三人の身体からは何も発見されなかった。調べられている間、三人は奇妙な無表情を作っていた。自分は藁人形だというような表情である。調べられた人から順番に廊下に出された。最後にあなたの番が来た。あなたの資本主義国のパスポートを見ると、制服の男は、あなたの荷物はどれか、と尋ねた。あなたがリュックを指差すと、男はうなずいた。それから、あなたも廊下に出た。二人の制服の男は、みんなの出た後のコンパートメントの椅子を跳ね上げて、座席の下に何か隠されていないか調べた。それから、背もたれの縫い目を調べた。背もたれの中に密輸品を縫い込む人もいるのだろうか。それから、荷物の検査が始まった。トランクを一つ一つ開けては、中をごそごそやっている。小物入れも開けて中を調べ、靴下の中まで覗いている。

あなたは次第に落ち着きを失い始めた。彼らはあなたがコーヒーを三キロも持っているのを見つけたら何と言うだろう。イタリアからコーヒーを持ち込むのは禁止されているのではないか。コーヒーとバノナは安い賃金で第三世界に作らせているわけであるから植民地主義の象徴であり、ジーパンとコカコーラはアメリカ崇拝の象徴である、と友達がいつか言っていた。そうだ、そんなものを東ヨーロッパに持ち込む自分は、牢屋に入れられるのかもしれない、とあなたは思いつめた。訳の分からない国へ来て、こんな不条理のために獄に入るとは思わなかった。悪の道に入るのは、隣の町に足を踏み入れるのよりもやさしい。境目が目に見えないのだから、踏み越えても気がつかない。自覚症状のないうちに悪人になっている。いや、人の役に立てる、などと思ったのがいけなかった、とあなたは反省する。自分は人の役に立つような人間ではない。夜汽車に揺られて意味もなく人生を食いつぶす人間なのだ。そのことを忘れてはいけない。天狗になれば、必ず鼻を折られる。

制服の男達は、他の三人の荷物を徹底的に調べあげると、コンパートメントから出て来た。驚いたことに、あなたのリュックにだけは指も触れなかった。初めから、検査の手間を一人分省くために、どれがあなたの荷物か尋ねたということらしい。あなたは騙されたような気分だった。急に笑いがこみあげてきた。そうか、資本主義国の人間が植民地主義の象徴であるコーヒーを持っていてもそんなことは彼らにとっては当たり前だから調べても仕方ないんだ、とあなたは勝手に解釈し、自分の解釈に声を出して笑った。

後の三人はそれから十五分くらい凍り付いたような無表情のままでいたが、一人が急に微笑みを呼び戻すと、他のみんなも表情を緩めて、あなたに笑いかけ、コーヒーの包みをあなたのリュックから出して、それぞれ自分の荷物に入れた。それから、お礼のつもりか、小さな甘くないビスケットのようなものを二枚くれた。

第4輪
# ベオグラードへ

ザグレブの駅に着いたのは早朝で、夜に浸された重い身体をひきずって、あなたといっしょに、列車から降りた人たちが他にもたくさんいたはずだった。ところが、ホームに立って、襟を直し、四方を見回すと、人々はもう早朝の冴えた冷気の中に吸い込まれるように消えていた。砂色の建物の肌、場違いに音量を上げた小鳥の合唱。あなたは駅から出ると、当てずっぽうに歩き始めた。誰か前から来たら道を聞こうと思った。

教会だけが生き物のようになまなましく見える。他には、生きているようなものの影はない。左右に視界を遮る塀が続いている。しばらく行くとやっと塀が途切れ、中庭が見えた。スカーフで頭を包んだ女が一人、身体をまるめて、しゃがんでいた。たらいの中で手を動かしている。洗濯でもしているのだろうか。女は人の気配を感じたのか、顔を上げて、道に突っ立っているあなたの顔を見たが、微笑みもせず、驚きもせず、まるでその場にあるはずのないものを見てしまったかのように、首を左右に振って、すぐに盥に目を戻した。自分はそこにいる理由がないので、いないも同然なのだ、とあなたは思った。まだ眠っていた足が少し軽くなってきた。

夜の間、妙な感覚が足先にあったことをあなたはずっと昔のことのようにふいに思い出した。足首までが自分の身体で、それから先はサイズに合わない靴を引っ掛けているような感覚だった。これは本当に自分の足の甲、足の指、だろうか。痺れている。冷たくて、感覚がない。でも、切り落としたりしないでください。斧を手にしたきこりの頬ヒゲが現れたので、ぎょっとなって、あなたは叫んだ。切らないで。そこで、目が覚めた。どこかから車内に冷たい風が忍び込んで来て、その気流がちょうど足に当たっていたらしく、足が冷えていた。じっと目を凝らすように足を凝らしてみると、冷気の流れが見えてくるような気さえした。くるぶしも目の一種なのだ。あなたは、両足をお腹の方に引き付けて、座席の上で繭になった。バレエを習っていた幼年時代からいつも柔軟運動をやってきたので、身体は他の人には気持ちが悪いと言われるくらい柔らかかった。

あなたは、塀の途切れた部分を通り過ぎてしまってから足を止め、戻ってあの女に道を聞こうかと思ったが、躊躇いが強かった。言葉が通じないのは苦にならないが、自分達が同じ場所に同時にいるのだということを認めてもらえないような不安があった。あの網膜の中に自分は存在しなかった。

　石畳の道は、小さめの不規則な形の石が組み合わされている。ところどころ傾いているので、なんどか躓いて、転びそうになった。下を見て歩くようにした。あなたは自分が摺り足で歩いていることに気がついた。自分はいつから足を引きずるような歩き方をするようになったのか。道の凹凸よりも、足の持ち上げ方が小さい。これでは、足がひっかかってしまうはずだ。

　足の裏に不安を覚えたのは、今日これが初めてではなかった。あなたは今朝、夜行列車からプラットホームに降りる時、急な階段が恐くて、老人のようにしっかり手すりにつかまって降りた。たった三段のことで、車体とプラットホームの段差は一メートルにも満たないくらいだったが、まるで建物の外に作られた螺旋階段を十階から駆け降りていくような恐怖に足が縮んだ。足の触れる地面は、沼地か、水面か、焼け石か、と勘ぐるように、靴の先で突いてみてから降りた。列車の肩に担がれて地上の汚れを知らずに夜を突き抜けて運ばれてきた精霊が初めて土の上に下ろされる時、足先がこのように、ふやけて蒼ざめて見えるのではないか。

　黒猫が道を横切っていった。あなたの方は見なかったが、あなたが歩いている速度を正確に計って、近付きすぎないように通り過ぎていった。前方から、くたびれた上着を着た四十代の男が歩いてきた。あなたは声をかけようと思ったが、あまりにも突然正面から現れたので、気後れがして、目をそらしてしまった。

遠くから市場の賑いが聞こえてくるような気がしたので、その方に歩いていった。道は石畳から、踏み固めた裸の土に変わった。町の中心に向かっているのかどうか、自信がなかった。

歩きまわっているうちに、公園に出た。木立の後ろが丘になっていて、そこに立ち並ぶ建物の窓が、目の玉のない目であなたの方を見下ろしていた。建物は背の高い家である割には、三、四階しかなく、世紀を生き延びた暗い壁の色が、今にも雨の降りそうな表情をしていた。空は晴れてきた。

あなたは坂道を登った。町に出ると、人がたくさん歩いていた。たくさんの人を見ると、あなたは何を聞こうと思ったのか、忘れてしまった。道を聞くといっても、どこへ行く道を聞くのだろう。あなたはこの町のどこへ行きたいのだろう。どこも行くところなどない。宿泊はせずに、同じ日の夜行でベオグラードへ向かうつもりだった。明るい時間を町で潰して、又、夜の時間に戻っていくつもりだった。

後ろから、若い男の柔らかい声が話しかけてきた。あなたが振り返ると、水色のワイシャツのボタンを喉元までかけた二十歳くらいの青年で、何かお探しですか、と礼儀正しく尋ねてきた。ロシア語だった。あなたは当時ロシア語を勉強していたので、意味は分かったが、答えにつまった。自分の言いたいことをロシア語に翻訳できないのではなく、自分の言いたいことがないのだった。自分はどこへ行きたいのか。或いは、言いたいことはあったのかもしれないが、それがまだ、言葉の領域に達していなかった。言葉になる前の「何を探しているか」の内容はどんなものか。夜行列車の線路の音のようなものか。

あなたは考えに考えて、こめかみから無い知恵を絞り出し、この町を見学したい、と答えた。青年は、僕といっしょに美術館に行きたいか、と尋ねた。あなたはすぐに行きたい、と答えた。美術館に行きたくない理由などない。やっと行くところが決まって、ほっとした。それに、この町の人間と会話で繋がって、やっと、吹き抜ける風の存在から、訪問者になれた、と思った。

青年の連れていってくれたのは、美術館というよりも、社会福祉センターのような所だった。入り口にマジックペンで、共産党青年部の絵画展、というようなことが書いてあった。青年は隣に立って、あなたの視線を丹念に追いながら、絵を一枚一枚、説明してくれた。言葉がパチンコのような勢いではじき出されてくるその説明はよく理解できなかった。絵も網膜に映らなかった。時々、青年の顔がくっきり浮かび上がった。乳を固めたような肌、鮭の切り身のような唇。真面目とはこういうことを言うのだろうか、髪の毛一本取って調べても、良い人間だということが分かる。しかし、完璧に良い人間は、決して悪いことをしないのだろうか。そんなちぐはぐな疑問が、恐らく生まれて初めて、あなたの頭に浮かんできた。たとえば、あなたを人通りの少ない裏通りに連れ込んで、殴り倒して、お金を取って逃げる、というようなことを良い人間は絶対にしないのだろうか。しないとしたら、それはなぜなのだ。それとも、状況によっては、そういうこともあるのだろうか。絵をすべて見終わると、それでは良い御旅行を、困ったことがあったら電話ください、と言って、電話番号を小さな紙切れに鉛筆で書いてくれた。あなたが使っているのと同じ数字なのに、象形文字のように見えた。番号をメモする時に、紙切れを探すのに苦労した。ポケットをいろいろ探ったが、身分証明書のようなものと財布しかなく、やっとみつけたレシートはすべて必要だったようで、あなたは、広告か何かその辺に置いてあるだろうと会館の出口の辺りを見回したが、そのようなものは全く見当たらなかった。この国には無駄な広告というようなものがほとんどないことに、その時、初めて気が付いた。青年はゴミ箱の中を覗いて、捨ててあった新聞の隅をちぎって、そこに番号を書いてくれた。

町の広場の噴水の縁に何人か大学生風の男女が腰掛けていたので、あなたも腰をかけた。足が疲れていた。すると、女学生が一人、さっと隣に来て、今日は暖かい日ね、と友達のように言った。優雅な英語だった。家はこの近くにある、とか、もうすぐ国際音楽祭がある、とか話してくれた後、あたしたちの国で作られたラジオやカメラは性能が悪いけれど、あたしたちのこと軽蔑してる?と尋ねた。あなたはそんなことを聞かれたことがなかったので、答えに困った。苦し紛れに、自分は性能の悪い機械が好きだ、と言ってしまった。なぜそんなことを言ったのか、あなた自身、分からなかったし、そんなことを言ったのは、この時一回きりだった。

さて、これからどこへ行こうかと、あたりを見回していると、又、声をかけられた。今度も二十歳くらいの青年だが、ガムを噛んでいるような口元、油で固めた髪の毛、開襟シャツ、痩せた腰、ジーパン、どこか不良がかったところがあった。しゃべっているのも、自家製の英語で、あなたがロシア語で答えると、顔をしかめて、ロシア語は嫌いだと言った。あなたは、英語でつきあうことにした。これからユーゴスラビアで一番美味しいものをおごってやる、と言うので、ついていくと、ピザ屋だった。直径十五センチのピザを、アルミニウムのフォークで抑えて、ナイフでごしごしと擦るように切った。あなたの中で、スラブとイタリアが上手く結びつかないような気がした。青年も何も言わずに夢中で食べた。食べ終わると、今度は、面白い映画を見ないか、と言う。ついていくと、若者達が博物館のような建物の前に並んでいた。若者がチケットを買ってくれた。中も壁ははげているが、歴史的風格のある造りで、こんなに立派な映画館があるのかとあなたは感心した。

クレヨンのような色合いの化粧をした女の子達が二、三人ずつ固まって立っていた。こちらをこっそり観察している子もいるようだった。中に入り、席につくと、間もなく映画が始まった。始まってみると、香港のアクション映画だった。あなたはそんな映画をこれまで見たことがなかった。スラブと香港が上手く結びつかない気がした。

それじゃあ、と言って、あっさり青年と別れた時は、もう夕方だった。住所をくれと言わなかったのは、単に手紙を書くのが面倒だったからだろう。手紙など書きそうにない感じの青年だった。

夜行は早めにホームに入ってきた。その頃のあなたは、もちろん寝台車になど乗らない。大きな袋をいくつも提げたどっしりした女たちといっしょに、固い椅子にすわって、夜を揺られていくつもりだった。まだ誰も入っていないコンパートメントがあったので、入って文庫本を読んでいると、次第に廊下が騒がしくなり、それからプラットホームが騒がしくなり、列車の下半身の鉄が熱い作動を開始した。苦しげにきしむばかりで、快い音ではない。あなたには、列車が走ることを喜びにしているとは、どうしても思えない。しかし、もし走らないでもよいと言われたら、列車は何をして過ごすのだろう。

列車がゆっくりと動き出しても、まだ席を決めていない人たちのざわめきが廊下で続いていた。しばらくすると、人相の悪い男が一人、扉を開けて入って来た。あなたを見て愛想笑いをしてみせたが、笑うと却って悪そうに見えるのだった。左目の脇に大きな傷があった。三針縫った傷で、まだ新しかった。あなたは窓際にすわっていた。男はあなたの向かい側にすわって、小さなビニール袋を自分の脇に置いた。他に荷物はなかった。あなたは組んでいた脚を邪魔にならないようにそっと解いた。男はまたにやっと笑って、あなたの腕時計、ジーパン、靴に一通り目を通して、急に、ドルを持っているか、と尋ねた。それはロシア語ではなかったが、スラブの言葉であることに違いはなく、あなたは分からない振りをしようとしたが、もう遅かった。持っていない、と嘘を言った。しかし、ドルが普通に手に入るような国から来ていることはもうばれてしまったらしい。男の手首には入れ墨がしてあった。自分で彫ったのか、稚拙に歪んだ錨の図柄だった。指の付け根には体毛が茂っている。開襟シャツの縁からも体毛がはみ出している。しかし、頭上の髪は薄めだ。男はビニール袋を開けた。ニンニクのにおいがぷんとして、中から紙に包んだ鳥の腿を出して、あなたに差し出した。食べろと言うのだ。あなたは断った。男は自分で食いついた。全く音のしない上品な食べ方だった。食べ終わると、窓を開けて、骨を投げ捨てた。それから、ビニール袋からウォッカの小瓶を出して、又、あなたに勧めた。あなたは断って、本を読み続けている振りをした。男がぐっと顎を突き出して一口飲むと、瓶はもう半分からになっていた。

その時、車掌が制服の男達を引き連れてまわってきた。あなたは切符とパスポートを渡した。制服の男達はあなたのパスポートを回し読みして、子供っぽく笑いながら何か冗談を言い合っていた。向かいの男は切符だけを渡した。制服の男の一人がいろいろ質問をした。軍隊調の厳しい口調だった。男は怒りを抑えたような声で質問に答えた。質疑応答はその姿勢のまま、しばらく続いた。そのうちやっと、制服達は去った。

男は溜め息をついて、自分にはパスポートがないのだ、とあなたに話した。あなたは、どう答えていいのか分からなかった。男は聞かれもしないのに、自分はこういうことをしたのでパスポートがないのだ、と言って、人をナイフで刺す真似をした。あなたは困った。それはひょっとしたら、人にナイフで脅されてパスポートを取られたという意味かもしれないし、殺人をしたので警察にパスポートを取られたという意味かもしれなかった。男はウォッカの残りを一気に飲み干した。それから又、あなたに向かって愛想笑いをしようとしたが、それは随分意地の悪そうな笑いになっていた。

あなたは本に熱中している振りをしながら考えた。たとえこの男がひどい悪者だったとしても、自分に対して何も悪いことなどしないかもしれない。それどころか、良いことばかりするかもしれない。もしそうなら、この男が悪人であっても、自分にとっては善人だということになる。

あなたは面倒臭くなったせいか眠くなった。周りの世界が面倒になると眠ってしまう癖が旅の間に身についていた。うとうとしていると、ふわっと暖かいものがかかった。どきっとして薄目を開けて見ると、男が寒くないようにと、自分のコートをかけてくれたのだった。

夢の中でからっぽの透明な瓶が線路にたくさん並んでいた。列車の通った跡が瓶になるのか、これから列車が来て、瓶を割り砕くのか。

目が覚めると窓の外は明るかった。良く眠ったものだ。向かいの男はまだ眠っていた。床には小さなウォッカの空瓶が十個ほど落ちている。コンパートメントの中はひどいにおいだった。男は目を覚まして何も言わずにむっとしたままトイレに行った。もう自分とは口をきかないのかと思うと、あなたはほっとした。ところがトイレから戻ってくると、また無理にねじ込んだような愛想笑いを浮かべた。あと十分でベオグラードに着くから、そこでコーヒーを奢りたいと言うのだ。あなたは、本当は一刻も早く夜のにおいから逃れたかったが、断りそびれてしまった。

駅は獣のようにうごめく毛皮のコートの群れ、煙草とニンニクのにおいに満ちて、鉄やガラスのぶつかり合う音、駅員や物売りの呼び声が飛び交い、むせかえりそうにごったがえしていた。夕べは何も起こらなかった、とあなたは思った。夜の間、何の犯罪も犯せなかった男に太陽の下で何ができるか。男はまるであなたがいなくなってしまうのを恐れるようにしっかり横についていて歩いた。駅の構内にある天井の高いカフェテリアに入った。ウエイトレスがあなたにはコーヒーを、男にはウォッカを持ってきた。他にもウォッカを飲んでいる男たちはいた。しばらくすると、襟巻きに顎をうずめた痩せた男が近付いて来て、あなたの連れに話し掛けた。あなたの連れが腕時計を三つ、ポケットから出して見せると、お札を何枚か出して買い取り、何も言わずに去っていった。コーヒーは苦いだけで香りがなかった。

ホテルは決まっているのか、と男は尋ねた。あなたは、ユースホステルを予約してある、と正直に答えた。ユースホステルはひどい所だから自分の家に来い、と男は鼻に縦皺が寄るくらい顔をしかめて言った。それから、しゃっくりをした。友達とユースホステルで待ち合わせている、とあなたは嘘を言った。男は視線をそらした。その時、あなたは、男の左目の脇にある傷が取れかかって、ぶらさがっていることに気が付いた。それは透明な接着剤で貼り付けた偽の傷だった。あなたは急いでコーヒーを飲み終わると、いろいろありがとう、と言って、さっとその場を立ち去ろうとした。男はあわてて、あなたの腕を摑んで、待て、これからレストランへ行こう、と言った。あなたが、もう時間だから、と言うと、急にすごんだ表情になって、いや、レストランへ行くのだ、と言った。人さし指が変な鉤の形になっていた。それがどういう意味なのか、あなたには全く見当もつかなかったが、何か脅されているらしいことを感じて、いいえ、もう行かなければならないのです、と大きな声でロシア語で言った。まわりの人たちが驚いてこちらを見た。男はびくっとして、大きな声を出すな、と囁いた。あなたは男の摑んだ腕を振払った。待て、と男が言った。もう行かなければいけないのです、とあなたはもっと大きな声を出した。人が数人集まってきた。男は急に政治家のような顔を作って、さようなら、ありがとう、と言った。まわりの人たちはあなたと男の顔を興味深そうに観察していた。あなたは、駅の出口に向かって歩き出した。初めはゆっくりと。キオスクの影に入ったところで、タクシー乗り場に向かって急に全速力で走り出した。

第5輪

# 北京へ

鋼鉄の摩擦音が月を蝕み、駅が暗黒宇宙の真ん中にぽっかり浮かびあがる。どちらが上、どちらが東。あなたは、平均台の上を歩くように、腕でバランスを取りながら、停まっている汽車の方へ近付いていく。驢馬一頭分くらいの荷物を肩に背負って歩く女がいる。子供の手を引いて急ぎ足に歩いていく男がいる。二人連れの男。腰の曲がった老人。映画俳優のように額を輝かせる若者。道端に地蔵のように並んでいるのは、靴磨きの少年たちだ。物売りの裸電球の光が薄闇に滲む。濡れた紙に墨の滲むように。

あなたは、運動靴やリュックサックに付いた商標を薄闇が隠してくれるのをありがたく思った。決して高級品ではないが、まだ八十年代のことで、資本主義国の会社の製品を身に付けていただけで、外国人であることが分かってしまう。好奇の目から逃れて、まわりの人間達と同じ歩行の影になろうと努める。自分の乗る列車を探しているのは、どうやらあなただけではないらしい。きょろきょろうろうろしている人たちが他にもいる。目の前に列車が停まっているが、それに乗ればいいのかどうか分からない。あなたはポケットから、透き通るほど薄い切符を出して見る。列車の番号がかすれたインキで印刷されている。これが本当に切符なのだろうか。もし違ったら、という疑いが掠め通る。もし違ったら、騙されたのだから、又、お金を払って、新しい切符を買うしかない。騙されることが一番の勉強だ、と誰かが言っていた。ああ、馬鹿馬鹿しい。あなたはそういうもっともらしい説教が嫌いだ。苦い薬が必ずしも身体に効くとは限らない。甘い果物を買ったつもりでかぶりついて酸っぱかったら、ぺっぺと吐き出すだけだ。何の勉強にもならない。甘いものばかり食べて、良い仕事をした芸術家だっているはずだ。いないなら、自分がその第一号になってやろう。

あなたは、湯気を立てて停まっている巨大な黒い車体に近付いていって、どこかに列車番号が書いてないか探してみた。こんな暗い駅は初めてだった。表札のように見える部分に近付いてみると、それはただの汚れだった。車体の下半身には暗号めいた数字が書かれているが、これは技術者にしか用のない記号なのだろう。

あなたは立ち止まって、あたりを見回した。駅員がいたら、聞こうと思ったのだ。駅員の制服のようなものを着た女性が目についたので、汽車を指差して、「北京？」と聞いてみる。女は我が子に対するような遠慮のなさで、「え、何を言っているの、あんたの発音、全然分からないわよ。今忙しいんだから、邪魔しないで。」とでもいうように、あなたを追い払ってしまった。そこに又、別の制服の女性が現れた。どれが駅の制服なのか分からない。ひょっとしたら、それは制服などではないのかもしれなかった。そう思うと、あなたは誰にも話しかけることができなくなった。

途方に暮れていると、後ろから誰かが背骨をさわった。骨と骨の間の妙な隙間に指を入れるように。ぶるっと身震いして振り返ると、眉の美しい昨日の学生が立っていた。

昨日、西安の町中で、この学生が声をかけてきた。七カ国語を話せる、という。夜行の切符を買うのには時間がかかる、自分が買ってきてやるから、あなたは観光でもしているがいい、と言うので、まとまったお金を渡し、夕方ホテルのロビーで逢う約束をして、別れた。ところが、別れて兵馬桶行きのバスに乗ってみると、あなたは不安になってきた。名前も知らない学生に大金を渡し、もし彼が戻ってこなかったら、どうするのだ。警察に話しても笑われるだけだろう。自分の国でも、知らない人にお金を渡してものを頼んだりはしない。なぜあんなことをしてしまったのか。一週間食いつなげるだけの金額だった。学生だから人を騙さないとは限らない。第一、あれが学生であるかどうかさえ分からない。語学のできるのは確かであるけれども、語学があんなにできるのは却って怪しいのではないか。真面目な生活を送ろうとする人間が、七ヵ国語も勉強するだろうか。疑う心から鬼がぼろぼろ生まれてくる。急に学生の美しい眉が妖しげなものに思われてきた。それは密に繋っているだけに毛虫のように見えた。艶やかではあったが、それは唾をつけて艶をつけていたのではないのか。繊細な指つき、しなやかな首、柔らかい声、少し照れたような笑い、悪いことなどできなそうな顔ではあった。しかし、羊のセーターを借りて着ている虎もいる。言葉が上手くて滑らかな人間に道徳的に優れた人間はいない、と昔中国の賢人が言っていなかったか。あなたは一日中落ち着かず、兵馬桶の人形達の顔を見ていても、そこに学生の顔が浮かび上がってくるようで困った。夕方、あなたは下痢をしてしまった。いらいらしながらロビーに早めに降りて待っていると、時間通りに学生が現れた。日中と全く同じ明るい眉をして、夜行の切符とお釣りをあなたに渡した。お釣りは予想外にたくさんあった。あなたは学生を疑ったことが後ろめたくなって、うつむいた。

その学生が頼みもしないのに今、駅へ来てくれた。と言うことは、切符は偽物ではないということだ。あなたはもう一度、彼を疑いかけた自分にうんざりした。学生はあなたがどの列車に乗ればいいのか分からないといけないと思って、わざわざ来てくれたに違いない。学生は黒い車体を指差してうなずいた。あなたは、列車に乗り込んだ。窓の外で、学生が手を振っていた。暗いのでもう顔がよく見えなかった。

払った料金からは想像のできないほど豪華な寝台車だった。階級のない社会の一等車だった。あなたは真っ白なシーツに包まれた雪の寝室に一人入って、下段のベッドに横になり、文庫本を読み始めた。それほど本が読みたいわけではなく、それは顔を守る小さな盾のようなものだった。横になっているところに他人が入ってくると、少し決まりが悪い。本を読んでいれば何となく格好がつく。

金属が金属を撃つ音、蒸気の噴き出す音、回転音、人の怒鳴り声などが聞こえ始めた。腕時計を見ると、夜中の二時を過ぎている。入り口に体格のいい男が一人現れた。皮膚に脂の層ができているように見えるのは照明のせいか。挨拶を交わす。自分は商人で、パリにもニューヨークにも大阪にも行ったことがある、と得意そうに英語で言った。どこへ行くのか、と聞かれて、あなたが北京と答えると、それじゃあ途中乗り換えだな、と言った。乗り換え？　学生は乗り換えろとは言っていなかった。どの情報が正しいのか。しかし、この男とそれ以上話をする気にはなれないので、適当にうなずいて、本に目を戻すような様子をしてみせた。北京ではどのホテルに泊まるつもりか、と男が横柄な口調で尋ねるので、分からない、とぶっきらぼうに答えておいた。あなたは横たわっているので、出口に立ちはだかる相手に威圧感を感じたが、起き上がって話をする気にもなれなかった。相手は不満そうに鼻を鳴らして、麦酒を飲まないか、と聞いたが、あなたは病気なので飲めないと答えた。嘘をついたつもりだったが、よく考えてみると、自分が本当に下痢をしていることを思い出して、気が重くなった。夜汽車の中で何度も用を足しに起きるのは気持ちのいいものではない。暗い廊下の正面からふいに近付いてくる目鼻のない影が恐ろしい。用を足している最中に外から鍵を開けようとしてガチャガチャ音をたてる透き通った長い指が恐ろしい。商人はあなたのそっけなさに不満そうな顔をして、一人、食堂車に行ってしまった。

しばらくすると、二人の女性の華やかな声が、絡み合いながら近付いてきた。薄桃色の妖しげな令嬢が扉を開けて、あなたに笑いかけた。その背後にもう一人、同じような女性が現れた。二人のドレスは膝の見える短さで、半透明のピンクのナイロンでできたパンティストッキング、白いリボンが胸元で揺れて、ガラスの腕輪が光り、まるで、ままごとをしている良家の少女たちのように見えたが、年は二十を越していただろう。西安では、女性はほとんど、紺色の作業服風のものを着ていて、化粧はしていなかった。それなのに、この二人は、こんな派手な服を着て、化粧もしている。いったい彼女達は何なのだろう。あなたは彼女らを定義できないので、桃の園から夜行列車に迷い込んできた妖精だと思うことにした。二人は、あなたの頭上に広がる二つのベッドに飛び上がった。小さな足には、桃色のバレエシューズのようなものを履いていた。荷物はビーズの付いたおもちゃのようなハンドバッグだけ。旅行しているとは思えない。荷物は使用人が持っているのだろうか。階級のない社会に、使用人を雇っているような金持ちがいるんだろうか。二人は、しばらく囁きあっていたが、やがて静かになった。あなたは本を読み続けた。少しも眠くならなかった。夜行列車の中では、理由もなくひどく眠くなることもあれば、一晩中眠れないこともある。

三十分くらいたっただろうか。顎ヒゲ頬ヒゲ繁る商人が麦酒のにおいをさせて戻ってきた。ドアのところに立ったまま、上のベッドに横たわった桃の妖精たちと話を始めた。男が何か低い声でぶつけるように言う度に、二人は、ひらひらと笑うのだった。笑い声の中には言葉も混ざっていた。あなたが文庫本の活字から少しでも目をずらすと、男の骨盤の辺りが視界に入った。男の声は、聞いていると内臓を触られるように不快だった。このまま深い眠りに入って、自分の周りにある世界を消してしまいたい、とあなたは思った。どのくらい時間がたったか、男はドアを閉めて、姿を消した。男はどうやら、他のコンパートメントに寝台を予約しているらしい。あなたはほっとした。やがて、車掌が回って来て、切符を調べ、灯りを消して出ていった。桃の妖精達はしばらくひそひそ声で話し合っていたが、それもいつの間にか線路の独り言と溶け合って気にならなくなり、あなたは揺られながら快い眠りに落ちた。

線路と車輪の摩擦音に、いつの間にか、男の呼吸が混ざっている。コーラスの中に一人だけ音程の外れているのがいるようで気になる。君は歌うのをやめなさい、と指揮者が言う。それでも音痴は歌うのをやめない。やめないだけではなく、その声だけが大きくなっていく。夢の中の傍観者であるあなたは、耳のやり場がなくなって、目を覚ます。コンパートメントの中は真っ暗で、頭上で寝台が軋んでいる。女性の声が漏れ、男性の声が漏れる。それから、ふいに、うっと唸る声がして、頭上を巨大な黒い影が飛んだ。どすっと投げ出された身体の重みに、斜め上の寝台が軋む。女性の声が漏れ、男性の声が漏れる。寝台が、外れて落ちるのではないかと思うほど苦しげな音をたてている。あなたには、やっと状況が飲み込めてきた。さっきの商人が、二つの寝台の間を跳んで、二人の桃の妖精と交互に戯れているのだ。とすると、あの両家のお嬢様の少女趣味と見えた服装は、この地方では娼婦の制服なのか。

このようなコンテナのような箱に、赤の他人である商人や娼婦たちといっしょに閉じ込められて一夜を過ごさなければならない夜行の不幸をあなたは嘆いた。大声でカエルの歌でも歌ってやろうか。各自が各自の狂気を吐き出すことが許されている夜ならば、出し物のない人間は損をする。自分には出し物がない、とあなたは痛感する。サックスを吹き始めたのは三ヵ月前、演劇は高校生の頃からやっている。現代舞踏も齧った。しかし、まだ外にあるものを吸収するばかりで、自分の出し物がない。

そのうち、男が喘ぎながら、もう一方の寝台に手を伸ばす影が見えた。又、跳び移るつもりなのだろう、と思って、あなたが息をつめて覚悟していると、男は、うっと踏ん張るような声を漏らして、ごろんと転がり、二つの寝台の間に落ちた。恐ろしく大きな音がして、あなたは黒い影に視界を塞がれた瞬間、目をぎゅっと閉じてしまった。目を開けてみると、床に横たわった男はうなり声をあげて、それから動かなくなった。頭上で二人がせわしなく相談事をしているのが聞こえた。それから、バレエシューズをはいた細い脚が二本降りて来た。あなたは眠っている振りをしていた。薄目をあけると、女性は男の上着のポケットから何か財布のようなものを取り出して自分のハンドバッグに入れた。もう一組の細い脚が降りて来た。二人は、そのまま音も立てずにコンパートメントを出ていった。

男はあなたの寝台と向かいの寝台の谷間に砂袋のように倒れたまま、ぴくりともしない。腰が折れたのか。すぐに医者を呼ばなければ手後れになるかもしれない。車掌に言おうか。警察を呼んでもらおうか。男は医者のところへ行くのか、それとも逮捕されるのか。自分は事情聴取されるのか。男が二人の妖精のことを話すとどうなるのか。列車は密封状態で走り続けている。二人の妖精は逮捕されて死刑になるかもしれない。突拍子もない考えではあるけれども、そういう話を誰かから聞いたことがあるような気がする。この国では犯罪は重く罰せられる、と。列車の揺れがひどいので、何も決断することができない。あなたは自分の気持ちだけに従って行動することに決めた。妖精たちが逮捕されるのは可哀想だが、この男が骨折してここに横たわっているのは、少しも可哀想ではない。自業自得という言葉が浮かぶ。このまま放っておけばいい。あなたはごろりと寝返りを打って、壁に向かって目を閉じる。遅くても明日の朝には車掌が発見してくれるだろう。その頃には妖精達も逃げているだろう。たまらない眠気が襲ってきた。あなたはそのまま眠ってしまうことにした。

第6輪

# イルクーツクへ

あなたが一人、雪と氷に覆われたモスクワの町を歩いていると、緑色の絞り染めの開襟シャツを着て、ジーパンの裾を綻ばせた三十歳くらいの男に声をかけられた。ペレストロイカ以前の話である。「英語を話すか。」と聞かれて、あなたは、「少し。」と答えた。相手の声は、真っ白な息に呑まれて聞き取りにくかった。なんとなくアメリカ人ではないか、という気がした。「西ヨーロッパのアルファベットの文字が書けるか。」と更に聞くので、変な聞き方をする人間がいるものだ、とあなたは首をかしげた。ロシア人ならキリル文字しか書けない人もいるかもしれないし、中央アジアの人も少なくはないから、西ヨーロッパの文字は、ここでは特殊なものだということになるのかもしれない。あなたが手袋をはめたままの指で空中に、エービーシーディーと筆記体の小文字を書き始めると、男はあわてて頷いて、「実は頼みがある。この文章をこの絵葉書に書き写してほしい。自分の筆跡では困るのだ。」と言い、あなたにクレムリンの絵葉書と紙切れを渡した。紙切れには活字体で「マリへ。ジョーには新しい恋人ができて、今、モスクワのイントゥーリストホテルにいる。だから待ち合わせたパリのホテルに来る代わりにモスクワのホテルに来て欲しい。話がしたいそうだ。そのことを君に伝えてくれと、僕はジョーに頼まれました。マイク。」と英語で書いてある。妙にねじれた内容だと思いながら、あなたは持っていた町の地図を下敷きにして、テキストを絵葉書に写した。手がかじかんでいたので、きれいに書いたつもりなのに、線が震えていた。マリという女性の住所は、フランスの聞いたことのない名前の町にあるホテルだった。

あなたは、ホテルに戻って、竜宮城のような飾り付けのレストランに入った。前方には学芸会のような舞台が作られ、派手な格子縞のシャツに化繊のパンタロンをはいたミュージシャンたちが「カリンカ」をポップ風に演奏している。エレキギターとドラムセットはキンキラで、歌声は甘ったるいが、ミュージシャンたちの顔にはどこか木こりの厳しさが漂っている。あなたは、朱色の脂が玉になって浮いたスープの表面をスプーンで壊して、底から、あおざめたじゃがいもをすくいあげた。小石のようなパンのかけらをスープに浸すと、一瞬のうちに液体を吸い込んで、口に入れると溶けた。

それから、モスクワ市内、郊外などを見学しているうちに、一週間が過ぎた。

明日からいよいよ、シベリア鉄道の長い旅が始まる。夜ベッドに入って二時間たっても、眠れなかった。壁ばかりが、四方から睨み返してくる。大きなベッドで何回も寝返りを打っていると、急にあの葉書のことを思い出し、会ったこともないマリという女性の運命が気になってきた。あの男はマリと別れるジョーの伝言を伝えるのに、なぜ筆跡を偽ったのだろう。ホテルの窓の外は、隣の建物の灰色の壁に視界を遮られ、何も見えなかった。隣の建物には窓がない。刑務所だろうか。あなたは、だんだん本当に不安になってきた。ひょっとして、犯罪に巻き込まれるのではないか。あの女がモスクワのホテルに来ると、偶然そこにテロリストが仕掛けたと思われる爆弾のせいで死んでしまう。みんなは、彼女は本当に運が悪かったと言う。しかし、後で、それは実はテロリストの仕業ではなかったことが分かる。だれかがマリを殺すために仕掛けたのだ。万が一、あの葉書が発見されるとする。そして、それがジョーの筆跡でもマイクの筆跡でもないことが分かる。すると、葉書を書いた人物が、爆弾を仕掛けて、マリを計画的に殺したということになってしまう。ハガキの筆跡は誰の手によるものか。もちろん、あなたの手によるものである。ますます眠れなくなってきた。なぜあんな頼みをきいてしまったのだろう。道でウォークマンを売って欲しいと言われても、カメラを売って欲しいと言われても、必ず断ってきたのに、筆跡をただで売り渡してしまうなんて。

翌日、町をぶらぶらしてから、夕方ホテルに荷物を取りに戻り、それから、駅に行った。目の下まで襟巻きをぐるぐる巻きにして、毛糸の帽子を耳まですっぽり被り、ダウンジャケットの下にセーターを二枚重ねて着て外に出た。駅に行くと、制服の男が近付いて来て、「あなたの列車はあれだ。」と言って、大きな鉄の塊を指さした。もうもうと白い湯気が上がっている。なぜ、彼はあなたがどの列車に乗るのか、知っているのか。外国人、と額に書かれているのか。

窓から帯状にさし込む光が濁って見える。温もりはあるが、二酸化炭素の多そうな、なんとなく息苦しい空気。黒い燃え滓が、羽虫のように空中を浮遊していて、咳も出る、涙も滲む。通路の窓ガラスは氷壁のようで側に立っているだけで寒い。あなたは猫背になって、コンパートメントに入っていった。五十歳くらいの美しいロシア人女性が、頰を赤く染めて入ってきた。赤い頰をよく見ると、ひび割れて繊維質の肌を、透明の産毛がまばらに覆っている。くちびるは血の色、あなたに微笑みかけて、歌うように独り言を言いながら、ボストンバッグを座席の下に押し入れた。

しばらくすると、男女が英語で言い争いながら廊下を近付いてくる声がした。何を言っているのかくわしくは分からないが、男の方が、「でも、マリ。」と言ったのだけは聞こえた。二人があなたのコンパートメントのドアの前に現れた。「ここだよ。」と言った男の顔を見上げて、あなたは唖然としてしまった。向こうはもっと驚いて息を呑み、連れの女が背を向けた瞬間、くちびるに指を当てて、黙っていてくれ、というような仕種をした。女の方はリュックサックが座席の下に入らないので、「どうするのよ、ケン、どうにかしてよ。」といらいらとした調子でせかす。へえ、あの男、ジョーでもマイクでもないんだ、とあなたは一種の感慨を覚えたが、気がつかない振りをして、窓の外を見ていた。ということは、つまり、あの葉書はジョーの友達のマイクが書いたことにしてあったけれども、それは嘘で、これはケンという第三者。とすると、ジョーはマリとは別れるつもりなんかなくて、今一人パリで待っているのかもしれない。あなたは急に腹立たしくなって、二人の出て行ったあとのドアをにらみつけた。

列車は走り出した。パステルカラーに塗られた木の家が、雪の中にぽつんぽつんと現れる。白樺は、雪にまみれる前に自分で白い皮を被ってしまった。日が暮れ始める。暮れ始めると、一気に傾いて、すとんと暗くなった。夜空に星がニキビのようになまなましく浮き上がっている。地上は闇である。食堂車に行こうと廊下に出ると、ちょうどケンとマリが食堂車から戻ってきたところだった。廊下ですれ違う時、ケンが目配せした。あなたは目をそらした。勝手に共犯者にさせられてしまった。マリがホテルで爆弾に飛ばされたというニュースを聞くよりはずっとましだけれども。コンパートメントのドアはどれもほとんど閉まっていて、のぞき窓にも中からカーテンが引いてある。二、三人、廊下に立って窓の外を眺めながらくさい煙草を吸っている紺色のジャージ姿の痩せた男がいた。

食堂車に着くと、もう閉まっていた。掃除をしていた男があなたに同情して、冷えたピロシキを一つ、恵んでくれた。

眠りは平坦で浅かった。あなたは、眠りの視野の縁飾りが朱色に染まり始めたように感じ、目が覚めた。窓にかけられたカーテンをちょっとめくって外を見ると、地平線が一直線に朱色に染まり、樹木のシルエットが並んでいた。向かいの寝台では、あのロシア婦人がもう服を着て、寝台に腰掛けて紅茶を飲んでいる。上の寝台のケンとマリは、まだぐっすり眠っているらしい。あなたは、もっそりと起き上がって、トイレに立った。洗面所では、列車の揺れに合わせて、水道管やトイレの蓋や鏡が、がたがたと音をたてていた。鏡で顔を見ると、顔がうっすらと黒ずみ、目の回りだけが多少白い。石炭ストーブの煤がついたのだろう。空気は重たい熱気に沈んでいた。

外の風景にぽつんぽつんと人家が見え始め、列車が停止した。小さな駅である。スカーフをかぶった女たちがせわしなく歩き回っている。瓶に入ったものを何か売っている。あなたは急いでコンパートメントに戻って、ジャケットを着て、外に飛び出した。外気に触れた途端に、鼻の中にもさもさっと雑草が生え繁った。水分が凍ったらしい。耳が付け根から痛んだ。せわしなくまばたきしながら、あなたは、四方を見回した。ああ、これがシベリアか。地面はすりガラス、遠景は筒抜け、指がもげ落ちる、耳がそげ落ちる、その寒さに舌を巻き、尻尾を巻いて、急いで車内に逃げ込んだ。

コンパートメントでは、いつの間にか起き出したケンとマリが向かい合って、紅茶を飲んでいた。あなたは自分の部屋で他人が勝手に逢い引きしているのを見つけた時のように、ちょっと嫌な気がしたが、そのまま出て行っても行き先がないので、仕方なく、マリの隣に座り、「お名前はマリさんでしたっけ？」と、とぼけて聞いた。マリは嬉しそうに驚いて「どうして知っているんですか？」と聞いた。ケンがひどく不安そうに脚を組み換えて咳き込んだので、あなたは笑いながら「昨日、廊下でしゃべっていたのを聞いたんです。」とすまして答えた。ケンは慌てて「僕はケンと言います。」と自己紹介した。あなたが「あなたは確かマイクさんでしたね。」と言い出すのを防ごうと思ったのだろう。あなたはここで、「あれ、マイクさんじゃなかったんですか？　じゃあ、ジョーさんですか。だってあの葉書には……」などと意地悪く秘密をばらしてしまうことだってできたはずだが、今、喧嘩などするのは面倒臭い、それよりも小さな両面ナイフの右の刃、左の刃を順繰りに見せながら、ゆっくりと渡っていきたい。

イルクーツクには夜をあと二つ抜ければ着くのか、それとも三つか。あなたは、とりあえず自分の前にどんと置かれた時間の大きさに降参し、数えたり、計算したりするのをやめてしまった。そのまま、どっぷり漬かって行くしかない。取り合えず、あなたは文庫本をリュックサックから一冊取り出して、単語を一つ一つ確認するように読み始めた。滑るように読めばすぐに読み終わってしまう。そうしたら、その後、自分の視線の処理に困るだろう。マリとケンは呟くように時々会話を交わした。その声は線路と車輪の摩擦音の偶然の産物のように現れ、又、摩擦音に呑まれて消えていった。あなたは聞こうとしなくても、耳がそちらに向いてしまうので困った。マリは、シドニーの叔母のところへ行って、そこで絵の勉強をしようと思っているらしい。叔母は絵を描いている。ケンは馬鹿にしたように、「絵を描いている連中なんてオーストラリアにはたくさんいるさ。あの国では、コアラより上手く筆が持てるというだけで自分は画家だって自慢できるからな。」と言った。マリは意外に腹を立てず、「十把一からげにしないでよ。叔母は、才能あるのよ。オーストラリアの自然は素晴らしいし、人も親切だから、あそこで数年、絵を勉強したいの。」と言った。「お金はどうするの？　絵に描いた肉は食えないよ。」とケン。「喫茶店ででもバイトするつもり。」とマリ。「でも一生喫茶店でバイトして生きていくつもり？　そのうち喫茶店の主人とでも結婚するの？」とケンが意地悪く聞く。マリは一応頬を膨らましたが、冗談としか受けとめていないのか、特に言い返そうともしない。「でも急いだ方がいいかもしれないよ、喫茶店の主人は若い娘でないと嫌だろうし、君だってもうそれほど若くはないんだから。青春の美は、脚がなくても走って逃げるって言うだろう。」とケンが言うと、マリは今度は真面目な顔になって、「あたしは結婚なんかしないわ。」と言った。「そういう発言は、才能のあるごく一部の人間にしか許されないんだよ。」とケンが言う。「まあ失礼ね、あたしがそんなに才能がないと思っているの。」あなたは、聞いているのが面倒臭くなって、部屋を出た。出ても行くところのない幽閉の身、窓の外には広大なシベリアが広がっているのに、通路は人とやっとすれ違えるくらい狭い。すれ違ったジャージ姿の男が、「よう、魚は好きか。」と話し掛けてきた。あなたが「魚を愛しています。」と答えると、相手は笑って手招きした。男はサーシャという名前で、彼のコンパートメントの窓際には、長さが三十センチほどもある干魚が吊るしてあった。あなたは勧められるままに席についた。上のベッドには太った女が一人、毛布にくるまって横たわっていた。目だけはぱっちり開いて、こちらを観察している。サーシャはポケットからナイフを出して、固い魚の身を薄く削いで、あなたに手渡した。それから、パンを一切れと生のたまねぎの薄切りを手渡してくれた。あなたはどうしていいのか分からず、取り合えず、三者を交互に齧った。魚は古いタイヤのような歯触りだったが、嚙んでいるうちに、口の中で海の味が広がり始めた。ここからは、どの海も遠いのだということを、なんとなく思い出した。

まだ海を見たことのない人だっているだろう。サーシャは座席の下に押し込んだボストンバッグからウォッカの瓶を取り出して、小さなコップに注いで一気に飲み干した。ガラスは曇っていた。もう一杯注ぐと、多すぎて、こぼれた。欲に目なし、渇きに計算なし。サーシャはあなたにも一杯勧めた。断っても聞かないので、そろそろと飲み干した。窓の外はシベリアだった。シベリアは広大でも、窓枠を額縁にして眺める風景としては、一枚の絵に過ぎなかった。雪と空の白と、樹木の濡れた黒。二色しかないので、抽象的でもある。サーシャは特に会話ということをしなくても、時々あなたに魚を削って手渡しながら、ウォッカを飲んでいるだけで、非常に満足しているようだった。だんだん眼球のまわりが内部から熱くなってきた。それに伴って列車の揺れが大きくなり、それでも外に振り落とされるというよりは、鞠の内部に閉じ込められたような感じだった。酔ってしまったのかもしれない。急に、誰に対しても正直に、何でも言えるような気がしてきた。その上、何を言っても、相手に愛されそうな気がした。ありがとう、とても美味しかった、さようなら、と言って、あなたは立ち上がり、ふらふらと自分のコンパートメントに戻った。

ケンとマリは相変わらず向かい合ってすわっていた。マリは今朝よりも五年くらい年をとったように見えた。恋人達は喧嘩をしながらふけていくのだな、とあなたは思った。血液が上に昇りすぎたせいか、顔が重い。ケンはあなたの顔が真っ赤なのを見ると少しうろたえて、「大丈夫ですか、今、タオルを濡らしてきます。」と言って、洗面所に駆けていった。心配してくれているんだな。あなたはとても気分がよかった。陰鬱な目であなたの肩ごしに遠くを見ようとするマリに向かって、「わたしは実はシャーマンなんですよ。」と言うと、マリは顔をしかめた。あなたは、構わず続けた。「わたしはシベリア・シャーマンでね、何でも知っている。ジョーに新しい恋人ができて、あなたが一人になって、今自分の道を探していることも知っている。」とあなたが言うと、マリの瞳孔が大きく開いた。「叔母さんのところへ行って、絵の勉強をしなさい。自分の手で運命を開きなさい。ケンに何と言われても、自分の意見を変える必要はありません。雷は臍を取り上げ、恋人は魂を取り上げると言うけれど、気をつけてね。」その時、ケンが濡れたタオルを持って戻ってきた。あなたはそれを額に乗せて、横たわった。あなたに場所を明け渡すようにマリは立ち上がって、コンパートメントを出ていった。ケンは心配そうにあなたの顔を覗き込んでいた。あなたの健康を気づかっているのではなく、あなたが酩酊して、何もかもしゃべってしまうのを心配しているのかもしれない。そう思うと急に愉快になって、あなたは声を出して笑ってしまった。ケンはあなたの耳元に屈んで囁いた。「いいですか、あの絵葉書のことはマリには言わないでください。あれはジョーという悪い男に騙されそうになった彼女を救うためのトリックだったんですから。あの時はマリは恋に目がくらんでいて、僕が忠告しても変に誤解するだけで、全く聞いてくれなかった。だからマリの信頼しているマイクの名前を借りたんです。」もしこれが嘘ならなかなかよく考えたものだ、と思って、あなたは更に刃先を研いで、「それであなたはマリさんに惚れているんでしょう。」と突き付けた。あなたは今は何を言うのも恥ずかしくなかった。ケンは少したじろいで、「それは又別の問題で。」と口籠った。追い詰められたねずみに噛まれないように、猫は先手を打つ。「でも、それならなぜ、マリさんの絵の勉強に反対するんですか？」ケンは驚いた顔をした。答えるまで少し時間がかかった。「歩いても歩いても棒にさえ当たらない犬もいる。マリはそういう人間です。並みの運のよさでも足りない芸術家業が、どうしてマリのように運の悪い女にできますか。あなたは彼女を知らないんだ。」あなたは、目の中で何かがくるくる回転しているような快感を感じながら、からかい気味に、「わたしもアーチストになりたいんですけれど、運はすごく悪い方です。子供の頃から籤引きも当たったことがないくらいで。」と言った。ケンはあわてて、「いやいや、あなたはついているし、才能もあるし。」と知りもしないのに、黒胡麻を擂る、白胡麻も擂る。あなたはアルコールのせいもあり、おかしくておかしくて、お尻から笑いが漏れそうになった。

翌日も同じだった。同じパンに同じチーズ、同じボルシチに同じように脂が浮いて、窓の外には雪と白樺があった。時々車掌が、チャイ、チャイ、と言いながら、お茶を売りにくる。お茶には砂糖をたくさん入れて、熱いところをちびちび飲む。時間はいくら言葉を注いでも小さくならない。時間に言葉を注ぐのは、砂漠にウォッカを飲ませるようなものだ。ケンはマリの目の中を覗き込んで言った。「なかなか青春から抜けきれないで、いつまでも画家になるつもりでいる友達が何人かいるんだ。もう四十歳超えてるのにさ。破れた服着て、髪の毛もとかさないで、金もなくて。口を開いて上見て歩いていれば、空からピロシキが落ちてくると思っているのさ。君にはそうなって欲しくない。」マリは昨日より無表情になっていた。「それで暮らしていかれるなら、いいでしょう。有名になりたいから画家になりたいのでなければ。」とマリ。「でも、彼らだって、いつかは、家族を養っていかなければならないだろう。」とケン。「収入の多い奥さん見つければいいのよ。それとも、その友達、それだけの魅力がないの?」とマリ。ケンは怒ったような顔をして、「シベリアは退屈だ。」と言う。「シベリアは退屈ね。」とマリも言う。この点だけは、意見が一致している。つまらないなら面白くしてあげましょうか、と酔っている時のあなたなら言っていたかもしれないが、今日はしらふで無口になっている。二人の喧嘩は堪え難い。

逃げ出して通路に立っていると、無精髭の男がどこかから現れて手招きした。今度は魚とウォッカではなく、古い切手のコレクションだった。アリョーシャという名前の男だった。キューバの切手、チェコの切手、ベトナムの切手、売り付けるつもりかと思ったら、そうでもない。ただ退屈だから見せてくれたらしい。切手の中の風景は、窓枠の中の風景よりも、もっと小さかった。窓の外には時々、もうもうと煙を吐き上げる工場が現れた。石炭に黒く染まった雪、立ち並ぶ労働者住宅。あなたはふいに泥の中の蓮を見た。赤いセーターを着た少女が一人、石炭に汚れた雪の中を駆けていくのだった。明日はいよいよイルクーツクに着く。降りて二泊するつもりだった。それから、あなたはまだ昼なのに、数時間、眠ってしまった。昼間と夜の区別が、気持ちの上でだんだん曖昧になってくる。

四日目。朝四時にイルクーツクに着く。車掌が駅だと言うのだから駅なのだろう。マリとケンはまだ眠っていたので、別れを告げることもできなかった。外気に触れた途端、肌がばりっと音をたてて、樹皮に変わった。あなたもいつか白樺になっているのかもしれない。暗くて、駅の様子がよく分からない。モスクワで注文しておいたタクシーも来ていない。これから、どうしようか。

第7輪

# ハバロフスクへ

世界地図を広げてみると、シベリア大陸の真ん中に、ひきつれた割れ目が一つある。そのせいで広々としたユーラシア大陸も、いつかは二つに割れてしまうかもしれないと不安になる。湖にしては大き過ぎる。日本の本州と大きさがあまり変わらないかもしれない。本州よりも大きいかもしれない。しかも、その水には、海水にしか住まない魚が住んでいると言う。つまり、昔はそこは海だったということになるのかもしれない。とすると、ユーラシア大陸は、二つの大陸がぶつかって一つになったものなのか。バイカル湖は、壁の割れ目のようなものでもある。そこから覗けば、向こう側に太古の世界が見える。

その湖に近いところにイルクーツクという町がある。あなたは、その町に宿泊した。日中は町を散歩した。手に黄色や赤の花を持った人が妙に多いことに、あなたは気がついた。花を持って、街角で挨拶を交わしあっている。吐く息はまだ真っ白だが、三月の光は黄色い明るさを含み、気分が少し変わってくる。気温がほんの少しでもマイナスの域を脱したというだけで、みんなもう、春が来たようなお祭り気分になっているらしかった。

その町からあなたは、更に東に向かう列車に乗った。モスクワがもう想像もつかないほど遠のいてしまったような気がした。これから三日も乗っていれば、この大陸の東の果てに着くのだ。そこにぽっかり浮いているはずのサハリン島の形が、化石に残された木の葉の痕跡のように何度も脳裏に浮かび上がった。

二日目の夜、目が覚めてしまった直後、言い訳のように、膀胱に圧迫を感じる。トイレに行きたいのだな、と他人事のように思う。起きる気になれない。これが夢だったらどんなにいいだろう、と思う。しかし、トイレに行きたい人間と、目が覚めてしまった人間と、起きるのが嫌だと思っている人間と、全部足し算してみても、たった一人である。これほど自分が一人だと思わされる瞬間はない。たとえ一人旅でなかったとしても、旅の同伴者を起こしてトイレに行くことはできない。トイレに行く時には、人間はいつも一人である。逃れようがない運命なのである。たった一人、寝床から身体を引き剝がして、寒々とした夜の車体を通り抜けていかなければならない。あなたはコンパートメントを出て、石炭とニンニクとソ連製の煙草の臭いのこもった廊下を歩いていく。寝巻きにしている古いトレーナーは裾がひらひらして頼りない。なんだか幼児に戻ったような気分でもある。窓の外は真っ暗で、人家も街灯もない。夜の中心にほんのりと浮かび上がっているのは、あなた自身の影だった。窓の近くは空気が冷えているので、なるべく窓から身を引き離すようにして、そろそろと前に進んだ。歩きながら眠りに誘い込まれていく。まぶたが重い。目を閉じたまま、手探りで、用を足して、そのまま寝床に戻りたいと思う。トイレのドアの取っ手に手をかけて、ぐいっと力をこめて押す。手ごたえなくドアは向こう側に動いて、あなたは前につんのめり、足の裏が床を離れた。大きな暗闇が口を開けて、あなたを呑み込み、線路と車輪の摩擦音が突然十倍にボリュームを上げ、波のように襲い掛かってきた。波はあなたをくるくる巻いて、腕の下に抱えて、外界へ引きさらっていった。それから、あなたは、どすんと音を立てて、凍りついた草原に落ちた。耳を引き裂くような列車の音がすぐ側を走り抜けていった。轢き潰される、もう終わりだ、と思って、あなたは首を縮めて息を止めて待った。が、列車はきれいにあなたの横を走り抜けて去っていった。何事も起こらなかった。ゆっくり頭を持ち上げると、去っていく列車の尻が闇の中で、ぱちぱちと火花を飛ばしていた。

恐ろしさが胸に湧いてきたのはそれからだった。自分は列車から落ちたのだ。シベリアの真ん中の草原に一人横たわって、闇の中で凍っていくのだ。明日まで、列車など通らないに違いない。たとえ、貨物列車が通ったとしても、自分がここに横たわっていることを、どうやって知らせたらいいのだろう。厚手のトレーナーを寝巻き替わりに着ていたにもかかわらず、もう寒さが首のあたりから這い込んできた。襟巻きの代わりになるものはないのか、ああ、困った、自分は生まれて初めて死ぬかもしれないことになってしまった、と思った。まわりを見渡してみたが、何も見えない。樹木一本立っていない。遠方にほんのり色の変わり目の見えるあたりが地平線らしい。あなたは鳥目で近眼で、眼鏡は列車に置いてきてしまった。今頼りになるのは線路だけかもしれない。線路に沿って歩けば、村があるかもしれない。それは遠いかもしれないが、ここに横たわったまま凍ってしまうよりはましだろう。

そう思って、あなたは歩き始めた。風はなかったが、歩くと前方から吹きつけてくる空気の抵抗が、氷の壁になった。遠くで誰かが口笛を吹いているような音が聞こえてきたが、遠すぎて、人なのか獣なのか機械なのか、分からなかった。

それでも、歩いていくと、少しは身体が暖まっていくような気がした。瞳孔も少し闇に慣れてきたところで、太い樹木が五本、右手前方に立っているのが見えた。大地の奥底から出てきた大きな手のようにも見えた。あなたは足を速め、その樹木の脇を通り抜けて、線路沿いに進んだ。やがて、前方に小さな木造の家が数軒、肩を寄せ合うようにして建っているのが見えた。よかった、と思った瞬間、あなたは少し嗚咽してしまった。が、嗚咽も、まるでしゃっくりか、くしゃみのように滑稽に過ぎ去った。感動している余裕がなかった。家の窓はカーテンで覆われ、その背後にも、全く灯りはないようだった。四軒目の窓だけが、よく見ると、ほんのりと明るかった。あなたは、窓ガラスに鼻を押し付けた。カーテンの隙間から、小さな居間のような部屋が見えた。そこには電気も付いていなかったが、奥のドアが半開きになっていて、向こうは明るい。台所なのだろうか、湯気があがり、がっしりとした男が一人、後ろ向きに立っていた。何か料理でもしているように見えた。あなたは急いで、家の玄関の方にまわり、ドアを両手で激しく叩いた。中からよく響く低い声が聞こえ、ドアがそろそろと開かれた。あなたの顔を見て向こうがびっくりして又扉を閉めてしまったらどうしようかと心配だったが、そんなことはなかった。相手はランプであなたの顔をぐるっと一巡り照らし出し、不思議そうな顔をして突っ立っていた。あなたが、ロシア語の単語を並べながら、身ぶり手ぶりで、夜行列車から落ちてしまったのだと説明すると、それが分かったのか分からなかったのかは分からなかったが、とにかく戸を開いて、中に入るように顎で合図した。

板敷きの床に、擦り切れた小さな絨毯が二枚、投げ出すように敷いてあった。木目の浮き出た質素なテーブル、椅子、戸棚があった。電気製品はなかった。壁に小さな鏡が一つ掛けてあった。石炭ストーブが燃え、その上に鍋がかけてある。中から湯気が立ち、りんごを煮ているような甘酸っぱいにおいが立ちこめていた。それは何ですか、と尋ねると、男は答える代わりに、木の椀に鍋の中のものを盛ってテーブルの上に置いた。黄色いどろどろとした物が入っていた。舌が焼けるほど熱く、木の匙ですくって、飲み下すと身体の中を熱い柱が伸びていくようだった。ロシアの昔話の絵本の中で、三匹の熊がこんな木の匙を使っていたような気がする。男はサモワールからちょろちょろと湯を汲んで、紅茶を入れ、巨大な砂糖壺と一緒に、あなたの前に置いた。あなたは、粥を食べ終わると、ほっと息をついて、紅茶をすすった。もう寒さがどういう感覚なのかすっかり忘れてしまった。

男が奥から古い本を出してきて開いた。黴と埃のにおいが舞い立った。世界地図帳だったが、随分古いものらしく、紙が白樺の葉そっくりに紅葉しているだけでなく、大英帝国が世界に広がっていた。あなたは、イルクーツクを指差して、「昨日わたしはここにいた。」と言った。それから指を少し東にずらして「列車に乗って、トイレに行かなければならなくなり、トイレのドアを開けた。それから、」と説明し始めたが、落ちるという動詞が分からなかったので、動かしていた指を人に見立てて、テーブルの縁から床に落とす真似をした。男は笑って、あなたの肩を叩き、「あなたはここが自分の家だと思えばよい。」というようなことを言った。少なくともあなたにはそういう意味に取れた。なんだか胸騒ぎがして身震いし、偶然のように目のとまったのは壁に掛けられた鏡、そこに男の首筋が映っているが、どこかおかしい。おや、と思った瞬間、男が首を少しひねると、鏡に映し出されたのは、女性の横顔だった。あなたは驚いて、男の顔を見た。どこも変わったところはない。実直そうで、無口で、寂しそうな五十代の男の顔である。肌の色は乳色で柔らかそうだが、ヒゲがぶつぶつと生えている。鏡に視線を戻すと、そこにあるのは、四十代の都会のインテリ女性の顔である。誇り高く、繊細で、厳しく、男との共通点と言えば、多少寂しそうに見えるところだけだ。あなたは、くらくら目眩がしてきた。もう列車から落ちてしまったのだから、これ以上落ちるはずはないのに、これから本当に落ちていきそうな気分になった。

お茶を飲み干すと、男はあなたの肩を叩いて、ついてくるようにと言った。台所の戸棚の裏にまわると、そこには大きな桶が置いてあり、熱そうな湯がもうもうと湯気をたてている。ここで身体を洗えと言う。あなたは嫌な予感がしたが、男は有無を言わせぬ様子で、隣に仁王立ちして、腕を組んでいる。逆らえば腕ずくで湯に沈められてしまうに違いない。もしも、あの鏡に映った姿がこの男の本来の姿だとしたら、何も恐れる必要はない。今、目に見えているこの姿が本来の姿だったとしても、別に恐れる必要はない。ただ、両者が一致していないから、落ち着かない。桶のまわりには、古い毛皮が敷いてあった。熊の毛皮だった。自分で撃ちしとめたんだろうか。よく見ると、顔も付いている。熊の顔は、誰かの顔とよく似ていた。誰なのか思い出せないので、不安になる。列車の中で見た車掌の顔ではないか。いや、違う。それでは、隣のコンパートメントにいた学生の顔？　いや、違う。あなたは、もう一度激しく顔を左右に振って、「分かりました。ありがとうございます。」と言った。男は満足そうにうなずいたが、その場を去ろうとしない。あなたは、仕方なく、服を脱ぎながら、いつの間にか両性具有になっている自分の身体をそれほど驚きもせずに眺めていた。どんなに不思議なことも、昔からそうなると決まっていて、しかも、自分はそれを予め知っているのに、知らない振りをしていきているだけなのだ、ということが分かった。湯は激しく湯気をたてている割には熱くなかった。左足をさし入れ、右足をさし入れ、お腹に皺を寄せてしゃがむと、胸と膝がくっついて、その辺りまで湯が上がってきた。ふっくらとした乳房の間から、下の方で揺れている男性器が見える。自分は本当に、男でもあり、女でもあるのだろうか。湯の中にしゃがんでいる。変な姿勢だった。家主はこのことを一体どう思っているのだろうと思って目を上げると、腕を組んだまま、真面目な顔であなたを観察している。あなたは身体を洗わなければ叱られるような気がして、申し訳程度に、右手で肩に湯をかけて擦ったりしてみるが、男はそんなことくらいでは騙されないぞ、という厳しい顔をして、じっと観察している。身体は浄めてどうなるものではない、と思えて仕方のない今現在、あなたは自分がいつもどんな順序でどうやって身体を洗っていたのか、思い出すことができない。湯にぼんやりと映った自分の顔を見て、それは女の顔だろうか、男の顔だろうか、と考えてみる。どちらとも言える。どちらでもないとも言える。濡れているのでよく分からない。タオルで水滴を拭き取れば少しははっきりしそうな気がする。お腹に力を入れて立ち上がろうとすると、男の手がぐっと伸びてきて、あなたをまた湯の中に戻した。その顔を恐る恐るうかがうと、厳しく唇を結んで、首を左右に振っている。まだ、上がるな、ちゃんと身体を洗え、ということらしい。自分の顔をあの鏡に映してみたらどうなるのだろうと思う。女が映っているのか、それとも男が映っているのか。恐くて覗けないかもしれない。湯はさめてくる代わりに、少しずつ熱くなっていくようだった。このままでは、スープのダシになってしまう。桶の下にかまどがあるのかもしれない。さっき食べた甘酸っぱいりんごのムースが腸の中で醗酵し始め、下半身がなんだか落ち着かなくなってきた。増幅増長の予兆である。女性器が腫れて大きくなり、男性器が腫れて上昇し始めただけでも手一杯なのに、それに加えて、尾骶骨から絵筆のような尻尾が生えてきて、内股にはアルマジロの鱗のようなものが浮かび上がり、血管が血を送り込む度に、身体の輪郭がぎしぎしと軋む。成長しているのだ。骨盤が割れそうだ。流れてくるのは血液だけではない、リンパ液か、汁か、唾液か、知らないが、液体が満ちあふれて、下半身が満タンになって、立ち上がろうとすると、上から大きな手が伸びてきて、頭をぐっと押さえ付けられ、ぼちゃんと桶の中に尻餅をつく。生暖かいお湯。それはあなたを包んでいるのか、それとも、あなたの中から流れ出てきたものなのか、外と中とが溶け合って、どうでもよくなってくる、でも、いけない、どこかで、だめだめ、という声がする、この一線は超えてはいけない、だめだめ、まずいよ、やめておきなさい、もう取り返しはつかないよ、一度やってしまったら、もう遅いんだから、ぎりぎりで踏み止まりなさい。そう言う理性の声に対抗して、融合の魅惑が意志を鈍らせ、いいんだよ、いいんだよ、と囁く、そのまま身を任せてしまって、いいんだよ、そのまま流れ、流されて、行くところへ行ってしまいなさい、どうせ自分の意志ではどうにもならないのだから、気持ちがよければそれでいいのだから、そのまま、すうっと、逆らわずに。

あなたは、はっと目を覚ます。暗い天井が目のすぐ上にある。車体の揺れるがたがたという音、線路と車輪の摩擦音。トイレに行きたい。時計を見ると、夜の二時半だった。朝まではまだ大分時間がある。面倒だけれども、起きていくしかないだろう。

第8輪
# ウィーンへ

ごく最近のことである。あなたはウィーンで公演するのに、飛行機を使わずに、夜行で行くことにした。あなたは、いくつかのダンスフェスティバルで高い評価を受けてからは、招待があいつぎ、交通費はいつも向こう持ちなので、少しでも安く行くにはどうすればいいかなど、考えないようになっていた。飛行場にタクシーで乗りつけ、シートベルトを閉め、眠り、又シートベルトをはずしてタクシーに乗れば、旅は終わりだ。ところが、今回は、全く違ったようにしてやろうと思った。ふいに悪戯心が出た。久しぶりで夜行に乗ってしまおう。ハンブルグでワークショップを終えてから、翌日の夜行でウィーンに移動する。そう思いついたら、ふるいたった。この頃、面白い人間を見かけない。面白い事件にも居合わせない。それは、お金の心配が無くなって、最短距離を取るようになったせいではないのか。若い頃のように、夜行に乗れば、面白いことがあるかもしれない。

駅に着くと、発車まではまだ三十分以上あったが、列車はもう口を開いて、あなたを待ち構えていた。あなたは重いトランクをひきずるようにして、廊下を蟹のように進み、コンパートメントにトランクを置いた。それから、廊下に立って、窓からプラットホームを眺めていた。駅の裏に新しく建てられたホテルのレストランが見える。レストランの壁は透明なガラスでできていて、照明が明るいので、中がはっきり見える。二人の体格のいい男性が別れの儀式をしている。握手の手を差し出し、足を踏み変え、肩を動かし、首を振り、動きだけ見ていると、なんだか、ハチのダンスでも観察しているような気分になってくる。言葉が聞こえないからだ、と気がつく。列車のガラスが目の前にある。ホテルのガラスがその向こうにある。幾層ものガラスを隔てて遠方を見ている発車前の時間。

黒いドレスを着た女性が一人乗り込んできた。控え室から出てきた車掌は若い女性だった。その女性が、今乗ってきた女性の顔を見て驚いて、「あら」と言った。二人は、廊下で足を止めて、お互いの顔を見つめあった。いよいよ面白いことが始まるに違いない。あなたは息をのんだ。二人は子供の時に別れた姉妹かもしれない。姉は父親とアメリカに渡り、妹は母親とドイツに残った。あるいは、かつて恋人を取り合って、ナイフを振り回し合った仲だったかもしれない。あなたの頭の中で、いくつか廉価版のシナリオが飛び交う。

「どこかで御会いしたことありますね。最近、この列車に乗りましたか？」

「いいえ、夜行に乗るのは初めてなんです。でも、わたしも、あなたの顔、どこかで見たことがあります。」

「あ、もしかしたら、よく『雀の巣』でお昼を食べてませんか？　あのレストランの近くに住んでいらっしゃるんじゃないですか。」

「いいえ。」

「ウィーンにお住まいじゃないんですか。」

「ええ、ウィーンには住んでいますけれど、全然違う地区です。西駅の近くです。あなた、もしかしたら、映画が好きでよく……」

「いいえ、映画は滅多に見ません。この前見たのは七、八年前だと思います。」

あなたは、はらはらしながら、二人の会話を盗み聞きしていた。その時、もう一人、別の客が乗ってきたので、女性車掌は一度、そちらへ行ってしまった。発車間際になると、彼女は早足で戻ってきて、

「分かりました。」

と言った。黒いドレスの女性もうなずいて、

「わたしも今、思い出したところです。」

と言った。それから、二人は声を合わせて、くすくす笑った。あなたは仲間はずれにさ

れたようで、気分が悪かったが、教えて下さい、と言う勇気はなかった。刺激されたまま見捨てられた好奇心に苦しめられながら、毛布を被ったが眠れない。夜行なんかに乗らなければよかった。窓も厚いカーテンに覆われているし、たとえカーテンを無理に開けたとしても、外は真っ暗で、何も情報は得られないのだ。

翌朝九時、あなたは、むっつりして、朝食を食べた。「御希望の項目に印をつけてください、三つまでは無料、それ以上は一点につき一マルク五十ペニヒ追加料金をいただきます」と昨日渡された注文書に書いてあったので、パン二個、バター、チーズ、コーヒーに印をつけた。どうしても三項目では朝食にならないような気がする。飲み物がなければ困るし、このパンにバターなしでチーズだけはさんでも、ぱさぱさする。バターだけ塗って食べるのは味気ない。やはり、バターとチーズ、あるいは、バターとジャムが必要になる。それだけ取って、パンを取らないのはもちろんナンセンスである。やっぱり四項目になってしまう。四つ目は贅沢ではなく必然なのに、なぜ追加料金を払うことで欲張ったような気分にさせられるのか、そのくらいのお金、料金に初めから入れてしまえばいいのに。いや、ひょっとしたら、一度でも財布を開ければ、人間、それ以上にいろいろ買いたくなるものだから、それを狙っているのかもしれない。閉まったままの財布は閉まったままである。一度開いたら、どんどん流れ出ていく。でも、開いた場所が、夜行列車では、話にもならない。ああ、馬鹿馬鹿しい、夜行の朝食では、どんなに贅沢しても散財できないのだから、もうこの朝食の値段のことを考えるのはやめよう。夜行列車の箱は、サーカスの車と同じで、冒険者のぎりぎりに切り詰めた生活の形をしている。

列車を降りて、迎えにきてくれた主催者の五十歳くらいの男性と二人で、駅でコーヒーを飲んだ。相手は、ベックという名前だった。

「何か面白いことがあるかと思って、せっかく夜行に乗ったのに、何もなかったんですよ。」

「面白いことって、たとえば？」

「いかがわしそうな人が怪しげなことをしていたとか、恐そうな人がいて危ない目にあったとか。」

ベック氏はそれまでは低い落ち着いた声で表情をほとんど変えないで話していたのに、それを聞くと、急に牙のような犬歯をむき出して大声で笑って、それから、こんな話をしてくれた。

それはもう何年も前のこと、ベック氏はハンブルグに恋人がいたので、よく夜行に乗って、ウィーンから彼女に逢いにいった。ハノーヴァーあたりまで来ると、もう待ち切れなくて、あとの二時間は早朝の寒さを心の中でののしりながら、窓の外ばかり見ていた。ある日のこと、やはり朝早く目が醒めてしまったので、カーテンを開けて、ぼんやり外を見ていた。同じコンパートメントには他に客がいなかった。ハノーヴァー駅で列車が止まり、何人か降りていく人のいるのを窓から眺めていると、ふいにコンパートメントのドアが開いて、女が一人、飛び込んできた。朝になってから、寝台車に乗ってくるのはおかしい。多分、普通のハンブルグ行きの列車に乗ろうとして、まちがえて、飛び込んでしまったのだろう。乱れたシーツを見れば誰でもすぐに自分の間違いに気がつくはずなのに、その女は、ベック氏の向かい側のくしゃくしゃのシーツの上に躊躇わずに腰を下ろして、窓の外の様子をしきりと伺った。娼婦かもしれないという疑いがベック氏の頭をよぎった。娼婦に騙されてひどい目に遭ったことがあるので、即座にコンパートメントから逃げようと腰を浮かしかけたが、その女が何も言わず、こちらを見ようともせず、しかも、手に持ったハンドバッグが、がたがた震えているのを見て、おやと思った。顔はその割に無表情で、髪の毛は綺麗にまっすぐにとかされ、真っ白な絹のブラウスの襟元で真珠の首飾りが沈澱した脂肪のような光を放っていた。

「どうしましょう。」

と、女はつぶやいた。独り言のようでもあったし、ベック氏に向けられた言葉のようでもあった。

「どうかなさったんですか?」

「わたし、追われているんです。」

「誰に？」

「わたしを殺そうとしている男がいるんです。」

ベック氏は困ってしまった。もしそれが本当ならば、すぐに立ち上がって、警察を呼ぶしかない。しかし、それは妄想に過ぎない、と思わせる何かがあった。その何かとは何なのだ、と聞かれても上手くは答えられない。女性はきちんとした身なりに、真剣な表情を乗せている。この人の言っていることを疑わなければならない理由はない。ベック氏は、車掌がまわってきて、事情を尋ねてくれることを願った。制服を着た人間ならば、こんな時どうにかしてくれそうな気がする。しかし、車掌はこれから降りる人たちから預かっていた切符やパスポートを配り、朝食の準備をするのに忙しいようで、まわってこなかった。

「どうしましょう、わたし、ナイフで刺されてしまう。」

列車は動き出した。ベック氏は、ほっとした。

「もう安心ですよ。」

ところが、女はがたがたと震えながら、

「いいえ、今、列車に飛び乗ったに違いありません。」

と言って、コンパートメントのドアを閉め、鍵をかけた。ベック氏は自分でも理解できない不安にとらえられた。ドアが無気味に見える。今にもノックの音がしそうな気がする。それは、伝染性の恐怖だった。どんなことがあっても自分を殺そうと心に決めている人間がいる。説得しようとしても聞く耳を持たない。どこへ逃げてもついてくる。ドアを閉めて、家の中に隠れれば、自分が出てくるまで、いつまででもドアの外で待っている。道を歩いていても、どの角に隠れているか分からない。テレビをつければ、画面に現れる。郵便箱をあければ、中にその人からの手紙が入っている。電話が夜中に何度も鳴る。ベック氏はわっと叫びたくなった。女の手を握って、二人で走っている列車の窓から飛び下りてしまいたくなった。こんなに怯えるくらいなら、命がない方がましだ、と考える人の気持ちが初めて分かったような気がした。

ところが、その時、ふと、女の手に目をやると、爪が三、四センチも伸びていた。曲がって、ひねくれて、汚れて、かすかにマニキュアの跡を残して、子供の絵本に出てくるような魔女の爪だった。ベック氏は、それを見た時に、急にほっとした。一見どこもおかしいところのない女の外見がベック氏を巻き込んでしまっていたのだが、今、女の普通でないところを発見してみると、不安から解放された。自分は普通であり、相手は普通ではない、という気が急にしてきたのだ。それは、この女の不安である、自分の不安ではない。この女が殺されようとしているのは、妄想かもしれないし、本当かもしれない。しかし、いずれにしても、それはこの女の問題であり、それは、この姿形、鳥のような爪を伸ばしたこの女の身体に貼り付いた事件なのだ。そう思ったとたん、列車が駅に急ブレーキをかけて停車した。まだ、駅ではない。女はハンドバッグを胸に抱えて、芝居の終わった劇場を後にするように、すっと立ち上がって、別れも告げずにコンパートメントから飛び出していった。

ベック氏はそれ以来、まず細部を観察するようになった。あの女性も全体としては綺麗な身なりをした婦人だったが、爪だけがおかしかった。背広を着てネクタイをしめ髪の毛をきれいにとかした紳士でも、列車で向かい合って座っていると、ひどく不安になることがある。そんな時に細部をじっと観察していくと、相手の手のひらがぐっしょり汗に濡れていたりする。襟だけが、真っ黒に汚れていたりする。それを発見した瞬間は、どきっとするかもしれない。しかし、発見したものをじっと見つめていると、やがて不安がその場所に宿って、自分の中から離れていくのが感じられる。夜行列車で、頭から足の先まで明らかに吸血鬼と分かる相手にでくわすことなど滅多にない、むしろ、魔は細部に宿るものだ、とベック氏は言うのである。

# 第9輪
# バーゼルへ

すうっと入っていくのである。気絶の状態に。頭の中にたまっていた血液が、胸を通って、腹を通って、下半身に流れて落ちていってしまうと、目が見えなくなって、意識だけが血液を追うようにして、どんどん下の方へ向かっていくので、身体を支えていることができなくなり、かがみ、しゃがみ、すわり、横たわる。横たわると、少なくなった体内の血液がかろうじて頭の方にも少し戻ってきて、どうにか「自分」と呼べそうなモノでいられる。寝台は真っ平らで、なんだか硬い、背骨が痛い。背骨はアルファベットのエスの字に曲がっていたがるものなのだ。それを無理に伸ばして、横たわっているから痛い。車掌がチケットとパスポートを集めにまわってきた。救われた気分で起き上がって、腰に巻いて隠してあった小物入れを出して開けてみる。チケットは汗で湿って生暖かくなっている。こうして身体を起こしている方が、本当はずっと楽である。しかし、車掌が出ていってしまうと、又、ばったりと寝台に倒れてしまう。あれは、車掌の力で起きていただけだったのだ。あなたの中には、上半身を垂直に保っているだけの力さえない。まして、立ち上がって歩いて食堂車へ行く元気などない。喉は渇いているのだが。

あなたは、今回、すばらしい招待を受けた。バーゼルの劇場で、あなた自身の作品を作ってみないかという話である。単なる雇われダンサーとして踊る話とは違う。他にダンサーを数人使うことができる。彼らの報酬も払ってもらえる。舞台装置を作る人間もいる。作ってくれる人も作業場もある。粗大ゴミを集めてきて、金槌を握る手の平にまめを作って、徹夜で自分で舞台を作った昔とは大した違いである。あなたは出世した。あなたは、幸運な人間である。もうとっくに舞台生活をやめ、主婦やサラリーマンになってしまった昔の仲間もたくさんいる。その人たちが不幸であるとは言えないが、あなたはもし彼らに、運命を取り替えてくれ、と頼まれたら、その場できっぱりと、嫌だ、と答えるだろう。しかし、今回のバーゼルの話は不安でもある。自分に本当にできるのか、立ち続けていることが。踊ることは苦痛ではない。踊っている間は、身体は軽い。しかし、演出をするということは、倒れないで、うずくまらないで、家の柱のように立ち続ける、ということなのだ。明日からのことを考えると、重いものがのしかかってくる。斜め前から胸にのしかかられて、後ろに倒れそうになる。だから、眠くもないのに、すぐに寝台に横たわってしまうのだ。

その時、コンパートメントのドアが開いた。黒いスーツを着た女性が小さなトランクを下げて立っていた。

「こんばんは。あたし、そこの寝台予約したんですけど。」

と言って、あなたの隣の寝台に腰を下ろした。あなたは、あわてて身を起こした。上の二つの寝台は、今日はあいている。女性はトランクを座席の下に押し込み、ハンドバッグからコンパクトを出して軽く化粧を直してから、

「食堂車で、ビール、飲んできます。」

と言って、コンパートメントを出ていった。ドアが閉まると、あなたは又ばったりと寝台に倒れた。起きている力はない。一時、見知らぬ女性の生命力のおこぼれで、かろうじて身を起こしていられただけだ。シーツが大理石で作った皺のように見える。硬く冷たい寝台。一種の手術台である。あなたは、手術台に横たわっているのである。目はぱっちり開いているが、全身麻酔はもう完全にまわっていて、指一本動かすことができない。脳の中で、くりっくりっと命令が動いても、それを運ぶ神経が眠ってしまっているので、命令は筋肉に届かないうちに、忘れられ、消えてしまう。瞬きひとつできない。だらんと開いた手を握りしめることも、足首を動かすこともできない。仰向けに、天井からぶらさがっ

た死のシャンデリアにお腹をさらして、メスの近付いてくるのを待つばかりである。この手術室の特徴は、揺れていることである。寝台ががたんがたんと上下するので、メスが切りたいところになかなか当たらない。切りたいところは、心臓の筋である。すうっと心臓の筋を切り取って、柔らかい切り身にするつもりらしい。ところが、揺れるので、思うところに当たらず、刃先が肺に刺さり、胃に刺さり、血が滲んで、メスの刃は赤い濁りにまみれて輝きを失っていく。もうやめてください、あきらめますから、これ以上何もかも切り刻んでしまうよりは、このまま閉じて、縫い合わせてください。口を動かすことができないので、額にぐっと気を集めて、テレパシーであなたは医者にそう伝えようとした。

「危ないですよ。」

という声に、あなたは、はっと目覚める。見たことのある女性が、そこに立っている。もう十年以上会っていない昔の親友……いや、そうではなかった。それは、ついさきほどのことだ。あれからどのくらい時間がたったのかは分からないが、コンパートメントに入って来て、それからビールを飲むと言って出ていった女性だ。

「寝台から落ちそうになっていたので。」

と彼女は言った。

「そうですか。つい、眠ってしまって。」

「なんだか、隙間風が入ってくるみたいですね。窓は開かないはずなのに。」

と言って、夜を被っている硬い布地のカーテンを指で摘んでめくり、窓がきちんと閉まっているか調べていた。あなたは、初めて、彼女の顔をまじまじと見た。まだ三十代らしいが、時々ぎゅっと顔をしかめると、数人の顔が一枚の顔に重なって見える。いろいろな顔が争い合いながら共存している。いきいきとしているが、息が切れそうでもある。この女性は不眠症に違いないと思った。そう思うと、あなたは、ますます息が苦しくなってきた。いつも起きていなければならないというのは、どんなに苦しいことだろう。睡眠は人生の三分の一、それは最も美しい三分の一である、とあなたは思う。

女性はミミという名前だった。ミミは女優だそうだ。今は三週間の休暇で、稽古がないと言う。くつろいでいるようには見えない。様々な苦痛が、細い神経を通って、いろいろな方向から流れ込んでは、顔面をかすかに痙攣させて、又、流れ出ていく。女優だからこういう顔なんだろうな、とあなたは妙に納得した。オフェリアやエレクトラやノラやイリーナが一つの顔に乗り移って、千秋楽の幕の降りた後もその痕跡が残り続けるのだ。可哀想に。積もり重なった顔を追い出す儀式はないんだろうか。

あなたがダンサーだと聞くと、ミミは、それじゃあほとんど同業者ね、と言って、手を握らんばかりに感激した。それから、自分が初めてオーディションを受けた時の話を始めた。課題として出されていたセリフを言ってみせ、手渡されたテキストを朗読し、歌を歌い、注文された仕種をやってみせ、世界文学についての簡単な口答試験を受け、歩いて見せ、振り返って見せ、泣いて見せ、それから二十分ほど、満員の控え室で待っていると、髪の毛を真っ赤に染めた男が入ってきて、明日からさっそく稽古に来るようにと伝えた。ミミは大喜びで家に帰り、思いつくまま、たくさんの友達に電話をかけて夜、家に呼び、シャンペンをあけて祝い、翌日、劇場に行ってみると、様子がおかしい。稽古場へ行っても、誰も話しかけてこない。こちらを見ようともしない。ベンチに腰掛けて、準備体操をしている俳優達を眺めていると、ドアが開いて、ミミと顔格好の似た同じくらいの年の女性が入ってきた。鬚で太鼓腹の劇団員が彼女に近付いて行って、君が娘の役をやる新入りだね、と言うのが聞こえた。ミミは、そうか、あの人もきのう採用されたのか、それなら自分も隅にすわっていないで挨拶に行こう、と思って、その俳優のところへ行って、わたしも新米です、と言うと、え、君は誰?と俳優は顔をしかめた。わたしも昨日、採用されたのです、と言うと、背の高い女優が近付いて来て、何かの間違いでしょう、採用されたのは一人だけですよ、と言った。もう一人のミミが、ミミに向かってにやっと微笑んで見せた。選ばれたのはわたしなのに、わたしの役をこの女が奪い取ってしまったのだ、と思った途端、頭に血がのぼって、この人は偽物です、とミミは割れるような大きな声を出した。すると、他の俳優たちが、筋肉の伸縮運動や発声練習をやめて集まってきた。わたしなんです、選ばれたのは、とミミは言った。叫ぶつもりはなかったが、声が勝手に出てきてしまう。証拠はあるんですか、ともう一人の新米が冷たく研ぎすまされた声で尋ねた。証拠なんていらないわ、昨日、直接そう言われたんだから、とミミは言い返した。誰に言われたの？　そう聞かれて、ミミは集まってきた俳優達の顔を見回したが、あの顔はなかった。伝言を伝えてくれた人は今ここにはいないけれど、とミミは言った。ここにいない人なら劇団の人ではないわ、これでうちの劇団は全員なのよ、と冷たい答え。

ミミは昨日祝ってくれた友達の顔を一つ一つ思い出した。中には羨ましそうに、妬ましそうに、それどころか、くやしそうに、ミミを見つめてグラスを突き出し、乾杯した友達も少なからずいた。友達といってもライバルだ。採用は誤解だった、と聞いたら、彼女らは笑い転げるだろう。ミミの中でバランスが崩れた。あんたたち、みんなしてわたしを騙したのね。気がつくと、大声で叫んでいた。団員たちはミミをなだめようと背中や肩に手をかけてきたが、それをミミが乱暴にはねのけると、二人の女優がミミの腕の下に手を入れて持ち上げ、稽古場の外に連れ出し、建物の外に引きずり出し、劇場の外の広場に放りだした。ミミは、二人の背中に向かって、ばかやろお、と吠えた。

あなたはミミの顔を眺めながら、美人だけれども、不幸を四方八方から集めてやまない磁石のような顔だ、と思った。見ていると、不幸の渦に引き込まれて、こちらの心の調律まで狂ってしまう。

話と話の間に短い沈黙があって、その沈黙は短いのだけれども、麻酔をかけられて眠る時間のように、長い時間が殺されて圧縮されているのかもしれないとも思う。いつの間にか眠ってしまっていて、はっと目覚める。その間に起こったことは全く意識にない。

気がつくと、ミミがチョコレートの包みを差し出していた。

「毒は入っていないでしょうね？」

とあなたが冗談で念を押すと、

「あたし、毒殺されかかったこともあるんです。」

と言った。それは、「ナイフと車輪」という題の現代劇で主演を演じた時のことだと言う。

「わたしが主演を演じられたのはね、ある女優が病気になったおかげなんだけれど、でも、身替わりと言っても、もともとわたしが演じた方がずっと適しているって、演出家も言ってくれたの。」

と言って、苦しそうに微笑んだ。

主人公の女性は、第三幕で毒を飲んで自殺する。舞台でミミが飲んでみせる悪魔の尿は、実はパインジュースで、演出助手がリハーサルの日にスーパーで十本買ってきて、控え室の冷蔵庫に入れてあった。ミミはそれを透明の水さしに入れて、三幕目で持って出る。その日は、数時間前に予め水さしに入れて控え室に置いておいたジュースの色が、いやに明るいような気がした。不思議に思って指をそっと入れて嘗めてみると、ひどい味がする。何の味だろう。冷蔵庫を開けてみると、今日の分の瓶が減っていない。中に入っているのはジュースではないのか。演出助手の顔が浮かんだ。まだ学生で、にきびの跡の残った、腫れ上がったような顔をした男である。無口で、人の顔を恨むような目つきでじろじろ見る癖がある。衣装を着替えていると、偶然着替え室に、まるで偶然のようにして入ってくることもよくある。ミミの裸を見て、謝らずに又出ていく。まるで、女の裸なんか自分には関係ない、というような態度である。劇場の食堂で昼食を食べていると、斜め前のテーブルからじっとこちらを見ていたりするので、自分に恋でもしているのかしらと思って、柔らかく見つめ返すと、憎々しげに睨み返してくる。話しかけても、答えはほとんど返ってこない。あいつが自分に毒を飲ませようとしているのかもしれない、とミミは思った。たとえ殺す気がないとしても、第三幕の途中でひどい下痢を起こさせようとしているのかもしれない。或いは、自らの放出した尿を飲ませようとしているのかもしれない。尿からアンモニアを抜いて薬品を作る技術について、誰かが酔っぱらって、初演の後の打ち上げの時にしゃべっていたではないか。ミミは急いで、水さしの中の液体を、控え室に置いてある大きな観葉植物の植木鉢にかけて捨て、冷蔵庫から新しいパインジュースの瓶を出し、水さしに注いだ。それから、あわてて舞台に出ていって、自殺の場面を無事に演じ終えた。演出助手は翌日からふいに来なくなった。突然姿を消すなんてひどい奴だ、と演出家が怒っていた。観葉植物は葉っぱがどんどん赤くなって枯れていった。その観葉植物を何より愛していたメイクの女性は、誰かが酔っぱらってウイスキーでも注ぎ込んだに違いない、と言って怒っていた。

ミミの話を聞いていると、どんどん気が滅入ってくる。あなたは、雨に濡れた上着でも着せられたような気分だった。目に見えない上着は、脱ぎたくても脱げない。自分の肌は脱げない。

「疲れてきたんで、横になりますが、もしよかったら、話し続けてください。」

とあなたは言った。ミミの話をもっと聞きたいのか、話したがっているミミを失望させたくないと思うのか、自分でも、なぜそんなことを言ったのか分からなかった。寝台車のベッドに横たわるのは、奇妙な棺桶にすうっと脇から入って横たわるような気分である。箱を思わせるところに入るのはこわい。でも、出たくなったら、いつでも横から出ていくことができる。上から釘を打たれる心配はない。だから、怖がる必要はないんだ、と自分に言って聞かせる。

ミミは、あなたが横たわっていても、すわっていても、関係ないようだった。目の真っ青な演出家と知り合いになったことがあって、と話し始めた。とても青くて吸い込まれそうで、でも、その人が本当は目が見えないんだってことが、しばらくして分かった。それはある町の劇場の創立何年目かの記念のパーティーに遅れて来て、泣き腫らした目をサングラスで被ったミミが会場の隅に立っていると、その男が近づいてきて、何かお飲みになりますか？と尋ねた。低いよく響く声にしびれて、ミミが、それじゃあ、赤ワインを、と答えると、男は、隣に立っていた若い男に目配せした。助手なのか見習いなのか知らないが、その若い男が赤ワインの入ったグラスを持ってきて、ミミに手渡した。ミミは乾杯しようとグラスを持ち上げたが、男は手を動かさなかった。なぜグラスを合わせることを拒むのか、怒っているのか、と思ってミミがおそるおそる相手の目の中を探った。その時ミミは、男は目が見えないらしい、と気が付いた。今日は悲しいことがあったみたいですね、声がちょっと割れていますね、と男が言った。恋人に別の女のいることが分かったんでしょう、別れなさい、と男が言った。図星だった。占い師みたいな人だなと思う。それから、ミミと男は同じホテルに泊まっていることが分かったので、いっしょに会場を出た。助手が付いて来たのでミミは煩しく思った。廊下に出ると助手は軽く男の肘に手を当てて歩いた。

ホテルのフロントで鍵を受け取ると、男はミミに向かって、僕の部屋でちょっと何か飲みませんか、と言った。助手の若い男は彼といっしょにダブルの部屋を取っていた。彼のことは気にしないでください、彼は口がきけないんですよ、その代わり、僕は目が見えない、僕らは二人でいっしょに生きているんです、一人の人間だと思って下さい、もちろん、一人の人間よりもたくさん食べるし、仕事の量も多いけれども、と言って笑った。僕たち二人を一人の恋人だと思って愛して下さい。男がそう言うと、若い方の男が明かりを消した。

その後、この恋物語はどうなったのか分からない。ミミの話を聞きながら、あなたは眠ってしまった。ミミの目がますます大きく見開かれ、口が真っ赤な洞窟の入り口になって、鼻の穴も上にむかって開き、神経が切れてしまいそうなくらいに顔の各部が広がっていくのを見たようにも思ったが、あなた自身はそれとは逆の方向に進んでいった。眠りの中へ、横臥不動の姿勢に、閉じて、暗く、言葉もなく、自分もなく、どんどん小さくなって、薄く、静かに、夜の中へ。

# 第10輪
# ハンブルグへ

リンツは、ヒットラーがドイツ帝国の首都にしようと考えていたこともあった町だ。今ではオーストリアの小都市の一つに過ぎないが、そう言われて、まわりの町並みをぐるっと見回してみると、確かに、眠っている間に、煉瓦を唇に乗せられたような気分になる。狭い額に憂鬱そうな皺を浮かべ、濁った充血した目で、恨めしそうにこちらを睨んでいる男のような町。骨組みはがっしりしているが、背の割に肩幅が広すぎて、腕の筋肉が重くぶら下がっている。いや、これは言い過ぎかもしれない。あなたはリンツをそれほど嫌っているわけではない。日を光らせて、現代音楽に耳を傾け、白分の踊りを吸い付けられるように見ている人たちが、この町にはたくさん住んでいることを、あなたは知っている。でも、これから、夜行の来るまでの時間をこの町で過ごさなければならないと思うと、何か得体の知れない物に呑み込まれはしないか、と不安になる。

ウィーンを出た夜行列車がこの町に着くのは、十時半過ぎ、あなたはそれまで、この町で時間を潰さなければならない。時間を潰すというのは、なんて嫌な言い方だろう。まるで、時間が蠅であるかのよう。時間蠅という種類の蠅がいる。タイム・フライズ・ライク・アン・アロウ。時間は矢のように飛んでいく。光陰矢のごとし。これをコンピュータに訳させたら、「時間蠅たちは、矢がお好き」という訳が出た、という話をつい昨日、読んだばかりだった。しかし、夜行の来るのを待つ間、時間は矢のようには過ぎ去ってはいかない。蠅のように飛び去ってもいかない。まさに、その逆で、かたつむりのようだ。かたつむりの通った後には、一本の光る筋が残る。あれは、触ったら、ねばねばしているんだろうか。線路のように、背後に軌跡を残して。でんでんむしは、電車の一種か。頭から、アンテナが二本、伸びていて、遠くの誰かと通信しているようにも見える。

リンツで時間を潰すには、どうしたらいいのか。まず、植物園へでも行ってみようか。先週、ダンスのワークショップに来ていた参加者の一人が言っていたことをあなたは思い出した。「あたし、一番好きな場所は植物園なんです。踊りたい人間が植物みたいに動きのないものに惹かれるのは変かもしれませんが、わたし、いつもものを考える時には植物園に行くんです。」あなたは植物になど興味を持ったことはなかったが、そう言われてみると、なんだか、植物園に行ってみたくなった。もう何年も、植物園になど、足を踏み入れたことがない。そうか、なるほど、動きのないものか。ダンサーにとって、静止の時間というのは大切かもしれない。いや、静止というのは、こちらの誤解。花だって、動いている。太陽のある方向に首を曲げたり、茎が伸びて成長したり、枯れたり。ただ、その動きが恐ろしく遅いだけだ。植物の動きに比べたら、かたつむりなど特急列車ではないか。遅い動きというのは、体力を多く消耗するから、疲れる。ひまわりのように、一時間かけて首を右から左へ動かせと言われたら、大変だ。どうして、ひまわりは、そんな動きをしても疲れないんだろう。そんなことを考えていたら、なんだか、たまらなく植物園に行きたくなってきた。

リンツの植物園にはさんさんと日が降り注ぎ、つつじの蜜が地面にこぼれそうだった。薄くてひらひらレースのような花びらが下着のようで、ちょっとみだらな感じもする。蜂はうまく羽を動かして、花の中を覗き込みながら、空中のある位置に停まり続ける。蜜があるかどうか偵察しているのだろう。あなたは、どんなに高く飛び上がることができても、すぐに地面に落ちてしまう。ダンサーなんて、そんなものだ。蜂がお尻を振って踊るのを映画で見たことがある。蜂のダンスは、蜜のある場所を仲間に教えるためにやるんだ、と聞いた。おしべにめしべ。一つの花の中には、めしべ女と、おしべ男と、両方住んでいる。そうだ、植物にとっては、両性具有が普通なんだ。自分の心の中にも、女と男と両方住んでいるのかもしれない、とあなたはふと思う。

牡丹は、ぼったりと咲いて、花の重みでぼったりと落ちそうである。

紫陽花は、どんなに日が照っていても、雨の日の記憶を肌に残して、しっとりと咲いている。


花壇の間を抜けて、道がくねくねと続く。植物園は、小さな山の麓に作られている。花壇の間をぬって走る終わりのない小道が、いつの間にか木立の中に入っていく。はくしょいと、あなたは、くしゃみをした。いつの間にか、両端に樫の木が立っていた。あなたは、樫の木は苦手である。いわゆるアレルギーがあって、近付くと、くしゃみが止まらなくなる。あわてて引き返す。樫の木の作る影は、湿っぽくて、暗い。空気の中に目には見えない尖った因子が浮いていて、それが、鼻の粘膜に突き刺さる。息を止めて、しっぽを巻いて、退散だ。そうだ、植物のアレルギーがあるのに植物園に入るなんて馬鹿な話だ、どうして動物園へいかなかったんだろう、動物園の方がずっと楽しい、とあなたは思う。

温室が見えた。この暑いのにとは思うが、肌がべとべとするような熱帯の空気は悪くないような気がする。鼻がそれを欲している。粘膜を刺す樫の渇いた敵意から逃れたい。

温室に入ったとたんに、身体中に蜜を塗られたようになった。腕に触ると、べとべとする。息を吸い込むと、鼻の粘膜も湿って、楽になった。そうだ、このまま自分の身体がとろけるままにして、とろけさせていいんだ、と思った。

いろいろなサボテンがある。山芋のようなサボテン、赤い花が表面にくっついて、ニキビのように見えるサボテン、白い毛並みのような繊細なとげを持つサボテン、平たく丸いサボテン。隅の方に、形の似た二つの似た形のサボテンがペアで立っていて、隣に解説がある。こちらは傘科の植物、こちらは溝科の植物で、両者の間には全く親戚関係はないのだけれど、水のない砂漠で生き延びなければならなかったという、共通した生活環境条件があったために、今日では大変似た形をしている、という説明だった。そうか、ヨーロッパから来た人間と、アジアから来た人間でも、たとえば、同じ北極という環境で、何代にも渡って、生き延びなければならなくなったら、顔が似てくるんだろうか。

まだ夕方に足を踏み入れてさえいない。午後の後半である。時間を埋めるというのは、なかなか大変な作業である、ということが分かった。よし、美術館へ行こう。「あの展覧会は見ておいたほうがいいよ。」という声がまだ耳のどこかに残っているから。「この機会を逃したら、あんな展覧会は、めったに見られないからね。最近は、美術もメインストリートばっかりだから。」誰の声だろう。やはり、ワークショップに来ていた人間だ。もう名前も忘れてしまった。顔も思い出せない。用心深そうに床にふれる爪先の形だけが、記憶のどこかに残った最後の断片。そうだ、その爪先を持った人間が、この現代オーストリアの画家の話をしてくれた。その画家は、山の中に一人で暮らしているんだそうだ。隠者か。年はまだ五十前。

美術館は、立派な構えである。切符売り場では、青い上着を着た女性が、退屈そうに電話でおしゃべりしている。あなたの姿を見ると、びっくりしたように、受話器を耳に押し付けたまま、椅子を机に引き寄せて、切符を引き出しから出してくれた。展示室に入ると、中には誰もいない。見回りの女性が嬉しそうに微笑みかけ、階段はあちらですよ、と聞いてもいないのに教えてくれる。こんな大きな建物で、たった一人で絵を見る贅沢。外は日がさんさんと照っているから、こういう日に美術館へ入るのは、変人ということかもしれない。でも、夜の時間を待ち望むあなたにとっては、明るい太陽など憂鬱なだけだ。あんなに明るければ、夜はまだまだ。しかし、現代絵画を飾った美術館には、昼間にも夜がある。だから、一人で、ああ、でもそれにしても何て不思議な絵だろう、まるでピントのあっていない白黒写真みたいで、夜、列車の窓からフラッシュなしで撮った駅の写真みたいで。そう、列車が駅に入っていく時に、撮ったのかもしれない。だから、だぶって、ぼやけて、何が映っているのか分からない、無気味な写真。そんな写真を真似して墨のようなもので描いている。大きさは、夜汽車の窓と同じ。自分がこれから夜行に乗るから、どんな絵も夜行に結び付けてしまうんだろうか。それとも、他の人の目にもそう見えるんだろうか。聞いてみたいと思っても、まわりには一人も人がいない。自分はたった一人でいつでもこの立派な建物の内部を一人占めしていていいのだ。けれどもそこで自分の見たものを分かち合う仲間はいないんだ。すみませんけれど、と突然後ろで声がしたので、ぎょっとして振り返ると、見回りの女性だった。すみませんけれど、あと五分で閉めますので、と本当にすまなそうに言う。「来週は、闇をテーマにした新しい展覧会があるので、ぜひ又来てください。」と付け加えた。「実は、これから夜行で家に帰るんです。」とあなたは告げた。そんなことは、わざわざ他人に言わなくてもいいことかもしれないけれども、相手が本気で自分に話しかけているようなので、この人が、もしも来週、自分の来るのを毎日ひそかに待ってることになったら、そして、自分が来ないのでがっかりしたらどうしようか、と思うと、胸が苦しくなって、ついそんなことまで言ってしまった。「え、今日これから夜行でこの町を去ってしまうんですか。それは残念ですね。それじゃあ来週、又、夜行で来てくださいよ。」と、その人は微笑を浮かべて言った。あなたが来なければ、この美術館は孤独になる。病人を見舞うように、時々来てやらなければいけないのかもしれない。町と町の間を夜でつないで。

美術館を出ると、あなたは行き場がなくなった。図書館も植物園も動物園もみんな閉まっていて、酒場へ行くしかないのか。あなたは、酒場へ行く気がしなかった。人が多すぎて、声が大きすぎて、そういうがちゃがちゃしたところへは行きたくない、と思った。なんだか色が恐い日。ドナウ川に沿って散歩でもしようか。川沿いの道も不愉快かもしれない。去年来た時に、髪の毛を坊主刈りにして、頭の皮膚にハーケンクロイツの入れ墨をした連中が、あの橋の下に、たむろしていたっけ。行きたくない。それでは芝居でも見ようか、と思って、広告塔を探して、そこに貼ってあるポスターを調べてみるが、今日は、あいにく何もやっていない。そうだ、映画館へ行こう、と思いついた時には、嬉しかった。

映画館に入ると、中はがらんとしていた。古い白黒映画を選んだせいかもしれない。大きいホールではなかったが、黒い頭が五組くらい見えるだけ。少し眠かったが、美しい白黒の画像は、目をやさしく包んでくれた。偶然にもそれは列車の話で、同じ車室で向かい合せの初老のレディと若い女性が親しくなり、いっしょに食堂車でお茶を飲んだりするのだが、初老の女性が途中で姿を消してしまう。若い女性は心配して、最初の車輛から最後の車輛まで、探してまわるが、見つからない。しかもおかしなことに、同じ車室の他の人たちも、食堂車のボーイも、そんな女性は初めからいなかった、と言い張る。若い女性は困惑し、車掌や他の乗客に必死で自分の言うことを信じてもらおうとするが、みんなに変な目で見られ、乗り合わせた精神科医には、あなたはノイローゼだ、とまで言われてしまう。しかし、一人だけ、この若い女性の言うことを信じた若い男がいて、二人は謎の究明にとりかかる。ここまで見て、あなたは眠ってしまった。どうしても先が知りたいと思いながらも、夕べ寝ていなかったので、映画館のひんやりした静かな空気に包まれ、白黒の夢のような映像の流れていく中で、いつの間にか、眠ってしまった。

映画が終わると、路面電車で駅へ行くのに、ちょうどいい時間だった。プラットホームは暗く、駅員の姿もなく、行き先表示板だけが孤独に、「ハンブルグ・アルトナ行き」という表示を出していた。

すうっと入って来た車輛自体も眠っている。ほとんどの客はウィーンで乗り込んで、もう眠ってしまったのだろう。夜行動物的な客達は、食堂車で盃を傾けているのだろうか。食堂車の窓際につく傘つきランプの黄色い光だけが目覚めている。後は、どの窓も暗い。音もなく、車掌が降りてきて、あなたのトランクを運び入れ、切符を調べて、コンパートメントへ案内してくれた。四人部屋で、もうあとの三つのベッドは、丘のように掛け布団が盛り上がっていた。あなたは右の上の寝台だった。そっと梯子に足をかけて、上へ上がる。あなたは、その時、狂おしいほどの花のにおいを吸い込んで、くらくらっとして、梯子から足を踏み外しそうになった。今のは何だ。寝台の上に腹這いになって、隣のベッドを目を凝らして見る。枕の上に乗っているのは、人間の頭ではない。つつじの花ではないか。そんなはずはないと思って、自分の斜め下のベッドを見る。暗いので、よくは見えない。しかし、それが普通の人間の頭ではないことだけは確かである。それは、牡丹の花ではないのか。どきっとして、助けを求めるように、ベッドの縁につかまって、自分の真下にあるベッドをのぞく。すると、そこには、あじさいの花が寝ている。そんなはずはない。車掌に言って、自分の目がどうかしてしまったのか確かめてみよう。いや、ノイローゼだと言われて、変な睡眠薬を飲まされたら大変だ。そのくらいなら、自分だけの秘密にしておいた方がいいかもしれない。さっきの映画、最後まで眠らないで見ておけばよかった。そうすれば、こういう難題がどのように解かれていくのか、分かったかも知れないのに。

第11輪
# アムステルダムへ

青少年の家出じゃあるまいし、とあなたは苦笑する。二日早くアムステルダムに行くことにしてしまった。腹が立って、身体のあちこちに火がついたようになっていた。本当なら、あと二日間ベルリンで稽古に参加してから、アムステルダムに一週間行って、それから又ベルリンに戻って、本番まで四週間、煮詰めるつもりだった。たった二日くらい我慢すればいいのに、とあなたは自分で自分に呆れている。いつもは、予定を変えるのが何より嫌いなのに、急に予定を変更して、稽古場を飛び出して旅行鞄のチャックもしめないで早足で駅に向かった。駅では窓口に直行して、今夜の夜行の寝台券まだありますか、と息を弾ませながら尋ねた。我慢というのは、紐の形をしているに違いない。その紐が切れそうになっていた。

あの振り付け師とこれ以上顔を合わせていたら、殴ってしまうか、惚れてしまうか、どちらかだ。本人は、振り付け師ではなく、演出家と呼んでほしいといつも言っている。八年前に芝居の演出をした話を繰り返し聞かされた。本人はそのことがひどく自慢らしいが、あなたには理解できない。演劇の方が踊りより上等だとでも言うのか。踊りには言葉がないから不満なのか。

あなたは、いつか舞踏家として一人立ちしたら、もう振り付け師などという種族とは口もきかないつもりだった。しかし、この時のあなたはまだ演出家に踊らされている年齢だった。

ベルリンの振り付け師は、名字を意訳すると「鍛冶屋」となる。鉄は熱いうちに打て、とでも思っているのか、若い柔らかい踊り手を仕入れて、自分の思う動きを打ち込んでいく。すると、鍛冶屋の考えていることが、踊り手の筋肉の中にうち込まれ、骨の中まで焼きつけられ、後で取れなくなってしまう。この人の元で仕事をしてしまったら、他へは行けなくなる、という人がいるくらいだ。なぜこれほどまでに、ねじるということに執着するのか分からない。まっすぐ立っている場面というのが全くない。必ずどちらかの肩が斜め前に出る、あるいは斜め後ろに引かれる。それに加えて、手のひらを外回りに後方に向けることが多い。首は肩に従って、又は肩に逆らって、やはりどちらかにねじれる。

ねじれて立つ人間は、不安定である。しかしそれだけなら、あなたは別に嫌だとも思わなかっただろう。ねじれて立つことはきらいではない。問題はその後だ。鍛冶屋は、そうやって不動のまま不安定な姿勢を保つあなたを、まるで美術館でギリシャ彫刻でも鑑賞する見学者のように視線でなめまわす。それから、急にくるぶしを蹴るようにして、足の位置を直したりする。あなたは身体を見られたり、姿勢を直されることには、慣れ過ぎるほど慣れていた。しかし、身体の部分には、乱暴に触られるとひどく腹の立つ箇所というのがある。例えば、内側のくるぶし。脚を開いて立っているあなたの股の間に、鍛冶屋が自分の足を差し入れて、内側のくるぶしを蹴って、もっと足を開かせようとする。あなたは、かっと火がついたようになって、「蹴るな!」と叫びそうになる。自分で自分の気持ちを水にかけて静めようとするのだが、水などじゅっとはじいてしまう。

鍛冶屋はどちらかというと無口で、本人はその方が楽なのか、からだことばで済ませてしまおうとするような傾向がある。ただ、それだけのことなのだ、とあなたは思おうとする。それでも腹が立つ。別にそれほど痛いわけでもない。仕事中は、着地に失敗して足をひねったりして、もっと痛い思いをすることなど日常茶飯事だ。それでも腹が立つ。あなたは、思わず鍛冶屋を突き飛ばしそうになって、あわてて自分で自分の手の動きを止めた。それから、顎。顎の向きを変えさせられるのはいいが、顎を持ってぐいっと上に向けさせられた上、励ますように二度、ぴちゃぴちゃと頬を叩かれた。もちろん痛くはなかった。

しかし、頬がかっと火照って、あなたはもう少しで目の前にある鍛冶屋の鼻に唾をひっかけてやるところだった。

　ホームに入って来て停止したばかりの夜行列車の車体を見つめながら、あなたはその時のことを思い出して、自分で自分の両方の頬をぴしゃぴしゃと何度か叩いた。かっと怒りのような反応が肉の中から飛び出してくる。他人の感情のように。そうだ、肉の中には自分の分別とは関係なく勝手に動き出す感情が潜んでいるらしい。あなたは好奇心をそそられて、もう一度、今度は強く、自分の頬を平手でひっぱたいた。憎しみが苦い汁のように滲み出してくる。不思議だ。何も嫌なことなど起こっていないのに、こんな感情がにじみ出てくるなんて。身体の中から怒りの発生する場所が手で触り出せそうな気さえする。目を閉じて、もう一度頬を叩いてみる。もうちょっと強く。もう一度、もっと強く。人の気配を感じて振り返ると、斜め後ろに女性の車掌が一人立って、不思議そうにあなたの方を見ていた。自分で自分の頬を叩いているところを見られてしまった。

　列車の乗客になる時のあなたは、舞台の上に立っている時のあなたではないから、人目を引きたいと思わない。できるだけ目立たないのが一番だ。目立ってしまったというだけの理由で逮捕された人間もいるというではないか。

「この列車にお乗りですか。」

そう聞かれてはっと我に返る。さっきの車掌が目の前に立っている。

「はい。」

「寝台予約券を見せてください。」

あなたは旅行鞄の中から、券を出して見せる。

「六号室、上の右のベッドですね。後で券を預かりに伺います。」

事務的にそう言い終わると、車掌は次に近づいてくる老夫婦の方に視線を移した。

あなたはコンパートメントに入って、すばやく服を脱いで寝巻きに着替え、下の寝台に横たわった。蒸し暑いが、寝台車の窓は開かない。もう一度、自分で自分の頬をぶってみる。ぶたれた瞬間にはやっぱり跳ね返ってくる感情がある。手で触れられる場所に、感情の源があるような気がしてくる。その場所をうまく探り出せば、好きな時に怒りを沸き立たせたり鎮めたり操作することができるのではないか。

右の頬を打たれたら左の頬も差し出せ、という諺があったような気がする。いや、諺ではなかったかもしれない。諺にしてはエキセントリックすぎる。しかし、あなたにはその言葉の意味が今、分かったような気がした。右の頬を急に叩かれた時には、誰でもかっと腹が立って、自分でも何がなんだか分からないうちに、相手を殴り返していたりする。運が悪ければ、相手はひどい怪我をするかもしれない。しかしそうなる前に、実験的に左の頬も打ってもらえば、どうやって怒りというものが発生するのかということが分かって、自分の身体を他人のもののように冷静に観察することができる。だから、左の頬も打たせろと言うのだろう。

その時、コンパートメントに、小さな姿がすっと入って来た。まさかと思って、あなたは目をこすった。やっぱり子供だった。五歳くらいの男の子。下着のような白い木綿の上下が、痩せた身体をぴったりと包んでいる。靴だけは分厚い茶色い皮でできている。手には何も持っていない。男の子は、あなたの方を見ようともしないで、下の寝台に腰を下ろして、靴を脱ぐと、ごろんと横になって、生意気に後頭部で手を組んだ。目をカッと見開いて上を睨んでいる。子供にしては変に真剣な目つきだった。そのうち両親も来るのだろう。あなたは、火照っている自分の頬を撫でながら、旅行鞄から推理小説を出して、やはり下段のベッドに寝そべって、読み始めた。普段は推理小説など好きでもないのだが、あの鍛冶屋のことを忘れるにはこれが一番いいだろうと思って持ってきたのだ。今夜は眠れないかも知れないという嫌な予感がした。夜行列車の中で眠れないのは、みじめなものだ。自分の家にいても、眠れないのは情けないけれども、夜行列車の中では、ちょっと窓を開けて外の空気を吸ったり、テレビをつけてみることもできない。

男が一人、夜明けの桟橋から深い緑色の湖に落ちて死ぬ。冷たい水が輪に輪を重ねて、男の身体を深みに呑み込んで、あとは何事もなかったように静まり返った。泳げなかったわけではない。気を失ってしまったのだ。近くの農場で生まれ育ったがっしりした男で、座って釣りをしていたところ、誰かに背後から金槌で後頭部を殴られて気を失い前につんのめるようにして湖に落ちたらしい。小さいが重たい金槌は男の作業場から盗まれたものらしく、後に湖の底から死体といっしょに発見された。男が殺された時、近くには七歳の女の子が一人いただけで、他には誰もいなかった。その子は言葉の障害があって、何を聞かれても答えない。旅芸人の家族が数カ月前に村に置いていった子で、殺された男が面倒をみていた。男は独身で、年とった両親と暮らしていた。納屋の隅に藁で寝床を作って、女の子を寝させ、パンなども与えていたようだ。親切で無口な男で村には敵もいなかったので、いったい誰に殺されたのか、誰にも見当がつかなかった。

あなたは、頭上を横切る大きな影にひやっとして、文庫本から目を離した。子供が起き上がって、コンパートメントを出ていった。ドアは重くて開けにくいはずなのに、すっとうまく開けて、音もたてずにすっと閉めて外へ出ていった。すると、入れ違いに車掌が乗車券と寝台券を調べに来た。あの子供は乗車券を持っているのだろうか。それにしても、なぜ両親はまだ姿を現さないのだろう。他のコンパートメントで寝ているのだろうか。よく子供は、キャンプ場や船の中などで、両親と別のところで寝たがったりする。そんな我がままを許すには年が小さすぎる気もするが、あなたは子供のことはよく分からない。

車掌が行ってしまってしばらくすると、子供が戻って来た。なんだか、目がぎらぎら光っている。まさか、家出してきてしまったのでは、とあなたは不安になる。「ねえ、君、お父さんとお母さんはどこにいるの？」と聞いてみる。子供はあなたの声を聞くと、びりっと肩を震わせた。まるで、あなたが口がきけるということに驚いていたかのようだった。あなたは子供とつき合うのには慣れていなかったから、大人と同じように、あまり立ち入ったことを聞いては悪いと思って遠慮して、「別に答えなくてもいいんだけれど。」とごまかして、文庫本を読み続けるふりをした。ふりではなく、本当に読み続けた。推理小説だから、やめられないのも仕方がない。

男が死んでから一週間くらいして、村人のひとりが夜明けに起き出して釣りに出かけると、桟橋のところで、例の女の子が一人ぽつんと立って水を眺めている。なんだか亡霊がましいところがあって近づきにくく、しばらく声をかけずに見ていると、女の子は急に、両手を振り上げて金槌を振り下ろす仕種をした。村人はぞっとした。家に引き返して、今見た情景を何度か頭の中で思い返して、考え込んだ。考えているうちに、少し落ち着いてきた。あの子はやっぱり殺人の現場に居合わせたのに違いない。居合わせたけれども犯人が誰なのか、言えない理由があるのだろう。もしかしたら、旅芸人の一行が通りがかりに男を殺していったのかもしれない。それで、女の子は自分の親も旅芸人だったから、犯人をかばったのかもしれない。それならかばわせておけばいい。

あなたは嫌なにおいをかいだような気がして、そっと子供の方を盗み見た。子供は寝台に横になって、自分の腕をしゃぶっている。小さい子供のよくやることで、大きく口を開けて、肘の近くをしゃぶっている。と、あなたは初めは思った。ところが、その時、夜行列車はどこかの駅に入り、駅の明かりがカーテンの隙間から流れ込んできて、子供の手に当たると、血の色が光った。血が流れている。「どうしたの？　怪我したの？」あなたは思わず身を起こして、子供に向かって叫ぶように言った。子供は無表情のまま、くるっと背中をむけてしまった。血を見てしまっては、あなたも放っては置けない。「ちょっと見せて。」子供の背中に指で触れると、子供の全身がぶるぶるっと痙攣した。腕を掴んでこちらに向かせると、あっけなく、くるっと身体がまわった。腕は血に濡れていた。「どうしたの。これは大変。車掌さんに言って、救急箱を借りてこないと。」

傷は小さな半円形の歯形である。猿にでも噛まれたようにしか見えない。獰猛な猿が密室であるこのコンパートメントに隠れている？　見えない猿に噛み付かれて、血まみれになった子供。列車は相変わらず、どこかの駅に止まったままだった。こんなところに町はなかったはずだけれども、という思いが一瞬あなたの頭をかすめて通った。それから、子供の傷に視線を戻したあなたは、はっとした。子供は自分で自分の肉に噛み付いたらしい。あなたは数年前、そういう子供を見たことがあった。難民孤児の施設で働いていた時のことだ。自分で自分の腕を噛んでしまう子供がいた。皮膚が破れ、血が流れ、赤く湿った肉が現れると、子供は叫ぶような唸るような声を止めて、一時ほっとしたように微笑んだものだ。外から自分に向かってくる生命が存在する、という感覚、自分が生きているという感覚を取り戻すために子供は自分で自分の肉に噛みつくことがある。

あなたが子供の腕を見ながら呆然としている間、変に無抵抗になっていた子供が急に恐ろしい力で腕をひっこめて、ヒステリックな笑い声を挙げたかと思うと、横になったまま肌を剥ぐように薄い白いズボンを脱いで、あなたの顔に投げ付けた。その時、コンパートメントのドアが開いて、背広の布地が光った。あなたは、子供に投げ付けられたものを肩からぶらさげたまま、目の前の背広の上についている顔を見た。その口が開いて、役人の言葉がずらずらと何か説明をした。子供は諦めたように身を起こして、ズボンをはいて立ち上がった。あなたは、子供が連れて行かれるのを黙って見送った。「施設から家出してきたんですね。」しばらくして、そこにまた車掌が立っていることに気がついてあなたが言うと、車掌はあなたを犯罪者を見る目で睨み付け、「少しは恥ということを知りなさい。」と言った。あなたがぽかんとしていると、「わたしが切符を調べに行った時には子供をどこに隠していたんです？」と尋ねる。あなたは驚いて、「隠してなんかいません。子供が勝手にトイレに行ったんです。」と答えた。車掌の顔が怒りで赤くなった。「子供をひどい目に遭わせて。」と言い残すと、去っていった。

いったい自分が何をしたというのか。明る過ぎる独房に取り残されたまま、あなたは膝を慈しむようにまるくなって横たわった。確かに、すぐに子供を助けることはできなかった。それは悪かった。子供が自分自身の肉に嚙み付いていることにも気が付かなかった。馬鹿らしい推理小説に読みふけっていたせいだ。その時、突然、読みかけの推理小説の顚末が急に分かってしまった。言葉のしゃべれないあの女の子は、あの男にいつも暴力を振るわれていたのだ。だから、あの朝、男を背後から襲って、殺してしまったのだ。

# 第12輪 ボンベイへ

あなたは覚えているか、いないか。自分の爪切りを列車の中で売り渡した日のことを。それが、ただの爪切りではなかったことは、旅の終わる前にすでに気がついたに違いない。爪が伸びたら鋏で切ることだってできる、やすりで擦ることだってできる、などと考えて、自分の気を休めようとしたこともあるだろうが、心のどこかでは、もう爪は切れない、もう伸びる爪の意志のままに引きずられて、爪の伸びる方向に引っ張られて生きるしかないのだ、と勘付いていたのだろう。可哀想だが仕方がない。

わたしと出逢ったあの列車のことを覚えているか。もう二十年以上も前の話だ。目が逆三角形をしたこの顔を覚えているか。あなたは、そんな奇怪な顔に見覚えはない、と言うかもしれない。二十年前に旅先で知り合いになった人間達の何割くらいの顔を人間は覚えていることができるのだろう。でも、三月末のある日、パトナからボンベイに向かって、夜行列車に乗ったことは、まさか忘れてはいないだろう。夜行列車という呼び方は、この場合、相応しくないかもしれない。ボンベイに着くまでに、その列車の中で二度、夜を迎えたといった方が正確だろう。夜行列車というよりは、走っているうちに夜になってしまったという、気楽な夜への入り方だった。

あなたは、切符を買う時にひどく待たされたのを覚えていると思う。パトナの駅の窓口の前には長い列ができていて、その日も立っていられないくらい暑かった。インドの男達のしなやかな背中、白い木綿が汗に濡れて、肌とくっついていた。列は蛇行し、窓口付近には人が群がっている。どのくらい時間がたっただろう。腕時計を見ることができない。あなたは腕時計をつけていると、安物なのに、型がめずらしいからか、いつも、それはいくらだと聞かれるので、はずして荷物の底に隠していた。時計を見る必要もあまりなかった。インドに着いた日から、もう一ヵ月が過ぎていたので、時計を見ない癖がすっかり身についていた。それから随分時間がたったことだけは確かだった。三十分、一時間、いや、二時間くらいたってしまったかもしれない。あなたは、並んだ時から列が少しも短くなっていないことに気がついた。割り込みをした人がいるのか。駅は人通りが多く、列を突き抜けていく通行人もたくさんいるから、割り込みをした人たちがいたとしても、あなたは気がつかなかっただろう。しかし、割り込みされたすぐ後ろの人たちは、なぜ怒らないのか。賄賂でももらったのか。熱気に蒸されて、身体が重い。人の列が、蛇に見えてきた。蛇は短くなっていかない。永遠という名前の蛇が蜷局を巻いている、その上にすわっているヴィシュヌ。目をくっきりと見開いた、頬と唇の肉が厚いインド美人、紅色、赤、ピンクの絹を重ね着して、蛇の上にあぐらをかいている。右手には小さなレコード盤のようなものを持っている。左手には、アボガドくらいの大きさの法螺貝を持っている。レコードも法螺貝も、ディスコ風の赤い光を反射して光っている。そうだ、ヴィシュヌは法螺貝を導入することでロック音楽に新しい境地を開いたスターではないか。そんなことを急に思い出して、あなたは声をかけた。

「蛇が短くならないので、困っているんです。」

蛇とは切符を買う列のことだった。どうして、あなたは列のことを蛇などと言ったのか、自分でも分からなかった。理由は、ずっと後になって、分かった。

「蛇の長さは永遠です。あなたは、心配そうに見えますね。何か困っていることがあるのですか。」

あなたは、当時はお金がなかったので、心配なことが多かった。たとえば、切符に払うお金は足りるんだろうか。とにかく、ボンベイには辿り着かなければいけない。ボンベイからシンガポールへ飛ぶチケットはリュックサックに入っていた。そこに住んでいる叔父のところにころがりこめば、いつでも喜んで自分のオフィスでバイトさせてやると言われていた。だから、ボンベイの飛行場にさえ辿り着けば平気だ。いざとなったら、飛行機に乗り込むまで、何も食べなくたって平気だ。でも、これで、切符が買えるんだろうか。汗に湿ったルピー紙幣はくたくたして頼りない。外国人だからと、一等車のチケットを売りつけられるかも知れない。二等車や三等車はもう券がないと言われたら、どう反論しよう。うまくねばれば、象の卵でも手に入る国だが、すぐに諦めてしまう人間は、切符一枚買うことができない。インド人は早口で、英語が上手い人が多い。うまく、ねばれるだろうか。こう暑いと、脳の活動は停止して、舌がねばついてくる。どうしよう。むしろ、順番がなかなかまわってこないことにほっとしている臆病者の自分に気がついて、あなたはげっそりした。心配が心配を呼び、心配のない時がない。心の安らぎを求めて祈る、という言い方があるけれど、祈る神も自分にはいない。

「チケットっていくらするんでしょうね？」

「どこまで行くんですか？」

「ボンベイです。」

「ああ、ボンベイは遠いですね。チケットも高いでしょうね。わたしは、これから妻に会いに行くんです。」

とヴィシュヌは言った。

「これが、わたしの妻の写真です。」

そう言って、ヴィシュヌが財布から、ぼろきれのようになった写真を出してみせた。え、それじゃ、この人、男なんだ。あなたは驚いて、写真ではなく、目の前にあるヴィシュヌの顔をまじまじと見た。

「崇拝されるものは、化粧して、女性的になるのです。」

あなたがあわてているので、ヴィシュヌは可笑しそうに説明した。

「妻の名前は、ラクシュミー、吉祥天です。」

「奥さんも綺麗な方ですね。」

とあなたは写真を見ながら言った。「奥さんも」の「も」がなんだか可笑しいが、ヴィシュヌはどこから見ても美女にしか見えないのだから仕方がない。

「妻の手からこぼれ落ちているのが何か、分かりますか。」

「いいえ。あれ？　金貨ですか。」

「そうです。妻はお金持ちなのです。だから、わたしは妻と結婚したのです。それから、わたしは性交も大変好きです。インドは昔から、出家する男性がすごく多いんです。女性とかかわったり、お金を儲けたりすることを青年の時から嫌う人が多いのです。でも、わたしは違います。結婚して、お金持ちになりました。あなたは、お金持ちですか？」

「いいえ、お金が少ししかないんで、切符が買えるか、不安なんです。」

もしも、切符を買うのにお金が足りなかったらどうしよう。時計を売ってしまおうか。電報を打って、叔父にお金を送ってもらおうか。それも可能だ、と頭の中では思う。しかし、それでも、心配だという気持ちそのものは和らぐことがない。それは、情緒不安定になっていたからだ。そんな不安がなければ、わたしたちも出逢うことがなかっただろう。わたしは、人の不安を嗅ぎとって、近付いていく。

不安感は列に並んでいる間に生まれてきた。それまでは、お金のこともそれほど心配していなかった。あなたは、その前の日に、カトマンズから、ロイヤル・ネパールの飛行機でパトナに着いた。駅からは、自転車リキシャの男が、安いホテルに連れていってくれると言うので、乗った。運転手は全身の体重をかけて、ペダルにのしかかり、リキシャはゆっくり動き出し、あなたの目はふと、ペダルをこぐ裸足の足にとまる。踵が玄武岩のように光って見える。大通りに出ると、黄色いオートリキシャが隣にあらわれ、喧しい音をたてて抜かしていった。中には、ピンクのサリーを着た太った女性が半ズボンの男の子二人を連れて乗っているのが見えた。

ホテルに到着すると、三日月型の眉をした睫の長いホテルマンが出て来て、リキシャの男に硬貨を手渡した。その手は細っそりして、指が長かった。パスポートを預かります、と言うので、預けて一度町に出て、レンズ豆のカレーを食べた。ホテルに戻ると、パスポートが返ってきた。あなたはパスポートに花模様のカバーをかけて、開いてみなくてもすぐに自分のパスポートだと分かるようにしていた。中を見ないで、そのまま部屋に持ち帰った。

部屋は小さな窓がひとつあるだけで、薄暗い。窓には、独房のような格子がはまっている。外からの泥棒の侵入を防ぐためなのだろうが、自分が閉込められているような気になる。コンクリートの地肌が剝き出しで、黴のにおいがした。光が入らず、ひんやりとしているのは、気持ちよかった。汗が噴き出すのに任せて、あなたはリュックサックを床に投げだし、そのままベッドに横になった。部屋の壁には汚れがたくさんある。じっと見ていると、時々、その汚れが動く。多分、汚れではなく、虫なのだろう。どんな虫なのか知りたくないので、目をそらす。ベッドの脇の壁には、ボールペンで落書きがしてあった。英語で、このホテルは素敵だ、と書いてあるすぐ下に、いかにも同じことを訳したというように日本語が書いてある。ところが、内容は全く違う。ここのホテルの主人はいいカメラを安く買わないかと声をかけてくるがそれは買わない方がいい、と書いてある。あなたは、その日、初めて、声を出して笑った。

昨日は、それでもよく眠れた。目が醒めた時、今日は切符を買う日だ、と思った。他には特に予定はなかった。インドに来てから、あれもこれも一日のうちにやろうとは思わなくなってきた。

それにしても、いつになったら列は短くなるのだろう。蛇はすべて永遠という名前なのか、それともヴィシュヌが椅子の代わりに使っている蛇だけが永遠という名前なのか。はっと我に返ると、相変わらず列は短くなっていない。ヴィシュヌは消えて、そこにはシヴァが立っている。首には、ネックレスのように、蛇が三重に巻き付いている。まぶたの厚い目をうっすら開けて唇は紅色、顔は女だが、あらわな胸には乳房はなく、筋肉が盛り上がっている。孔雀の羽で前を隠していて、その下には力強い腿。この人も、女の顔をしていても男なんだな、とあなたは思った。

「列が短くならないんで困ってます。」

「列なんか、壊してしまいなさい。」

「そんなことはとてもできません。」

「なぜです?」

「道徳観が邪魔するんです。」

「そんなものは、ぶち壊してしまいなさい。」

シヴァにそう言われても、列を壊すなどということは、あなたにはできない。そこで、こそこそと前の方に行って、もぐりこんでみた。それだけでも、あなたは後ろめたかった。割り込んだのは、窓口のすぐ近くに並んでいたターバンの老人の鼻先だが、老人はあなたを見てもやさしく微笑んでいるだけで、文句を言わなかった。

切符は三等車のを売ってくれた。一等車の切符しか売らないと言われたらどうしようかと思って心配していたが、ネパールで買った粗い麻の服を着ていたから、ネパール人と思われたのかもしれない。それでも、お金はほとんどなくなってしまった。一度、サモサでも食べてチャイを飲んだら終わりだろう。断食の修行のことを考える。断食している人がこんなにたくさんいるんだから、食べ物なんか買えなくても恐くない、とあなたは思ってみる。

そうして、やっと切符を買って、その夜、列車に乗った。向かい側にすわっているのは、ちょび鬚を生やしたずんぐりした男で、カーキ色の半袖に長ズボン、サンダルをひっかけている。その隣には、うす桃色のサリーを着た女性、額に赤い点がある。夫婦は満足そうにあなたを眺めている。痩せた男がその隣にすわっている。向かいの上の寝台には、ラメのサリーにくるまったアザラシのように堂々とした老女が横たわっている。あなたは、窓際にすわっているので、格子の填められた窓を通して、車体の外側にへばりついている人たちの姿がちらちら見える。あなたの隣には、子供がすわっている。レースのついたピンクの化繊のワンピースを着ている。身体はまだ三歳くらいの大きさだが、顔つきは大人びていて、眉をしかめて、時々溜め息をついたりする。その向こうには子供の母親と思われる女性と、白い木綿の上下を着て縮れた顎鬚を伸ばした年輩の男がすわっている。顎鬚は、廊下を通りがかった同じくらいの年の男と話を始めた。廊下に立っている男の足は細かった。しばらくすると、すわりたくなったようなので、詰めて、あなたの列にすわる。車内は恐ろしく蒸し暑く、じっとしていても、汗が額をころがり落ち、目にしみて痛い。

列車はやっと、どこかの駅に入った。物売りの喧しい呼び声が重なりながら集まってくる。片手で掲げた御盆の上に、冷えたサモサがぎっしりならんでいる。チャイの甘い匂い。あなたは、サモサ売りの男に頷いてみせた。格子の向こうから、サモサが差し入れられる。こちらから、お札を差し出す。なんだか、投獄されているような気分でもある。サモサは三角の閉じてある部分が、ばりっとして美味しい。中身は潰したじゃがいも。チャイも買う。素焼きの小さなカップに入っている。ちょび鬚の男が、嬉しそうに、美味しいか、と尋ねる。美味しい、と言うと、インドの食べ物は世界一だ、と言う。そのカップは飲み終わったら地面に投げ付けて、こなごなに砕いてしまわなければいけない、もし、悪い人がそれを見つけて呪いをかければ、あなたを殺すこともできるから、と教えてくれる。男はどうやら、そんな子供騙しみたいな処理で、悪魔や黒魔術の類を切り抜けられると思っているらしい。あなたはどこから来たのかと聞かれて、何のくったくもなく、日本から来た、と答えた。あなたは、その頃、自分が女性で日本人であるというアイデンティティに少しも疑いを感じずにいた。ちょび髭の男が、日本のパスポートを見せてほしい、めったにそういう珍しい物を見るチャンスはないから、と言ったので、あなたは、気前よく、肌に付けていた袋から、パスポートを出して、手渡した。男は好奇心に子供のように頬をふくらまして、ページを繰ったが、最後までめくって、日本語の字は難しくて少しも読めない、と笑いながら言った。あなたも冗談で、そんなことはない、日本語の字は簡単だ、と言って、最初のページを開けた。ところが、開けた指がそのまま動かなくなった。そこに貼られた写真の顔は、あなたの顔ではなかった。栗のような髪型は似ているかもしれないが、男の子だ。年は十七くらいか。しかも、そこにある字は日本語ではなく、これまで見たことのない文字だった。日本語の全くできない人なら、これが、ひらがなだと思うかもしれないが、よく見れば、「の」の字は半円の部分が、ぐるぐると渦を巻いている。「も」の字の横棒が三本もある。こんな字は見たことがない。どうして、こんなことになってしまったのか。ちょび鬚の隣にすわっている妻が何か察したのか、心配そうに夫に何か言っている。夫が、どうしました、と聞いた。いいえ、なんでもないんです、と答えて、あなたはあわててパスポートを閉じた。ホテルで間違えたらしい。この人は誰だろう。なぜ、自分と同じパスポートカバーを付けていたのだろう。あるいは、ホテルの人が故意にやったことかもしれない。これから、パトナに戻っても、もうパスポートは見つからないかもしれない。第一、戻るお金もない。このまま、ボンベイへ行くしかない。このまま、見たことのない文字を背負った、遭ったこともない少年に成り変わって、夜に突入する列車の中にすわり続けるしかない。鬚の男は、この写真を見ても何も思わなかったのか。あなたが男の子だと思っているのか。この国では、女性は普通、一人では旅しないらしいから。それなら、男の子になってもいい。

狭くて横にはなれないので、あなたは夜になっても座り続けるしかない。うとうとしていると、足下がだんだん狭くなってくる。廊下に立っていた人たちが少しずつコンパートメントの中に這いずり込んできているらしい。もう、足を動かすこともできない。

あなたは、はっと目を開いた。目の前に、痩せた手がある。あっと声を挙げたのと、向かい側にすわったちょび鬚の男が、その手をばちんと叩いたのが同時だった。手はすっと引っ込んで、窓の外に消えた。車体の外にへばりついて、ただ乗りしている人が、窓の格子の隙間から車内に細い手を伸ばして、何か取ろうとしたらしい。何だろう、と思って、あなたは見回す。顎鬚の男が葉っぱで細く巻いた安葉巻きビリーを吸っている。どうやら、あれを盗もうとして、外から手を伸ばしてきたらしい。お腹がぐうと鳴った。

しばらくすると、又、日が醒めた。じわじわとお尻が湿って熱くなってくる。アンモニアの臭いがぷんと鼻をつく。隣にすわっていた子供がおしっこをもらしたらしい。立ち上がりたいが、足が動かせない。足元の床には、人が何人も身体を丸めて寝ている。立ち上がって着替える気もしない。濡れていていい。子供が突然泣き出して、母親がしきりと何か言っている。子供が憎い、それでもあなたは急に同情を感じて、子供の頭を撫でた。髪の毛は、脂でべたべたしていた。泣き声はさっと音量を落とした。あなたは、ココナッツなんとかという名前の飴を持っていることを思い出し、ポケットを探って探し当て、子供の手を取って、握らしてやった。泣き声は、さっと止んだ。同じ尿で濡れた仲。あなたは、自分も飴を一つ、口に放り込んだ。

その時、頭上の寝台から声がして、顔が一つ、逆様にぶらさがってきた。目が逆三角形に引きつれて見える。

「あなた、爪切りを持っていますか。」

こんな真夜中になぜ爪を切るのかと、あなたは疑問に思っただろう。日本人なら、夜中に爪など切らないはずだ。夜に爪を切れば、必ず嫌なことがある。しかし、リュックサックの中をかきまわして爪切りを探しているうちに、あなたの中でそういう規範が少しずつ崩れていった。夜に爪を切るのは、ひょっとしたらいいことかもしれない、とあなたは思い始めた。それも、汽車の中で、爪を切るのはいいことなのかもしれない。あなたは、やっと爪切りを探り当てて、垂れてきた手に握らせた。しばらくすると、ぱちんぱちんと爪を切る音がした。

「これはいい爪切りですね。これをわたしに売ってくれませんか。」

男は又、上から顔を覗かせて、尋ねた。

「それは、困ります。わたしも時々、爪を切らないとならないので。」

「でも、ずっとインドにいるわけではないでしょう？　国に帰れば新しいのが買えるでしょう？　インドには、人間の欲求を満たすものは何でもありますが、爪切りだけは、ないのです。お願いです。売ってください。」

あなたは自分がお金を全く持っていないことを思い出した。爪切りを売って、小銭でも手に入れば、もう一食、何か食べられる。

「いいですよ、何ルピーくれるんです？」

「実はね、ルピーはないんです。」

「え!?」

「その代わり、列車の切符があるんです。でも、普通の切符ではありませんよ。お守りみたいなものです。これを持っていればね、ずっと、鉄道に乗り続けていることができるんです。」

「ずっとって、いつまでですか?」

「この旅が終われば、すぐに次の旅がきます。それが終われば、又すぐに次の旅が来ます。そうやって、ずっと、旅が続いていくんです。」

その日、わたしはあなたに永遠の乗車券を贈り、その代わり、自分を自分と思うふてぶてしさを買いとって、「わたし」となった。あなたはもう、自らを「わたし」と呼ぶことはなくなり、いつも、「あなた」である。その日以来、あなたは、描かれる対象として、二人称で列車に乗り続けるしかなくなってしまった。

第13輪

# どこでもない町へ

早くしろ。

分かってますよ。

出ていくと言ってから、どれほど時間がたったと思ってるんだ。

時間なんて、いちいち計ってられませんよ。

何をぐずぐずしているんだ。

忘れ物がないように調べてるだけです。

あなた、入って来た時に、大きな封筒を持っていたんじゃない？　この列車の窓くらい大きな封筒。

実は、それが見つからないんです。あれは、医者にもらった大事なＣＴスキャンなんですけれど。

忘れないで持っていってね。

どこに置いたっけなあ。

独房の中でも物は紛失するものなり。

早くしろ。

分かってますよ。おかしいな、網棚に載せたと思ったけれど。

そうよ、乗ってきて、まず、網棚に載せたわね。それから、でも、もしそれがわたしの頭の上に落ちてきたら困るからって、御親切にも、また下ろしてくださった。それから、座席の下に入れたんじゃなかったかしら。

頭上にあるものは生命を奪う。

そうだったっけなあ。僕もどうかしているなあ、そんなことも覚えていないなんて。座席の下に入れたんだろうか。ちょっと失礼。

俺の靴に触るな。

靴なんか、触ってませんよ。自意識過剰だなあ、全く。

うるさい。こら、触るな。

ちょっと、その靴が邪魔になって、座席の下に置いたものが見えないんですけど。どうにかなりませんかね。その足、どかしてくださいよ。

足をどかすことなどできん。足をどかして、どこへ置くのだ。

でも、その奥に僕のＣＴスキャンがあるんだから、どいてもらわないと困ります。

そんなものを、どうして車内に持ち込んだんだ。

病院で撮ってもらったんです。脚が痛くて痛くて、だんだん歩けなくなってきたんでね。特に午前中がだめなんです。どこか神経が潰されているんです。それがどこなのか分からない。だから撮ってもらったんです。

まあ、可哀想に。別れの痛みではないの？

僕は誰とも別れていません。

忘れた別れは一番痛むものなり。

あなたの心は、別れるなんて、想像しただけで耐えられなかった。だから、本当に別れてしまう代わりに、旅に出ることで忘れようとしたんでしょう？　だから、列車に乗っているんでしょう？

あなたの言うことが、分からない。いったい僕が誰と別れたって言うんです？

そんなことは、降りてから考えろ。俺たちには関係ないだろう。乗り合わせた他人は、他人より他人って諺、知らないのか？

その諺は違います。旅の縁は一生の縁というのです。

随分痛むんですか？　それは、よいお医者さんによく診てもらわないとねえ。

ええ、でも、医者に行って治してもらっているだけの日数がなかったんです。だから、次の旅先で医者に行こうと思って、これを持って家を出たのですが。

旅先でお医者さんにかかるなんて、本当にお可哀想。

そうでもないです。

封筒を忘れては大変ですわねえ。

ええ。この下にあるに違いない。それ以外、置き場所はないのだから。すみませんが、足をどけてください。

俺か？

早く、足をどけてさしあげなさい。

だから、どこにどけるんだ。四人も大人がすわっていれば、このコンパートメントには、足を動かす余裕なんかないのだ。

それじゃあ、靴をお脱ぎになって、足をわたしの膝に載せてくださって、けっこうですよ。

そんなことは、とてもできん。あなたの清らかなお膝の上に。

いいえ、かまいませんわ、どうぞ。

それじゃ、失礼。

臭い靴下だなあ。

余計なお世話だ。俺は、靴は脱ぎたくて脱いだわけじゃない。あんたが荷物を人の座席の下に置くからいけないんだ。

脱ぎたくて脱いでも無理に脱がされても、臭さは同じなり。

さあ、早く荷物を出して、外へ出ていけ。

分かってますよ。でも、ここはしゃがむ余裕もないな。何だか、乗ったときよりも、もっと狭くなってしまったようだ。

そんな変なことおっしゃらないで。ありましたか、お写真は。

暗くて、何も見えない。何かが奥の方にあることは確かなんだが、手が届かないよ。

身体をひねってみたら？

いてててて。僕はだめなんです。腰をひねることができないんです。医者にも言われました。下手にひねってはいけない、と。

あら、お気の毒に。

何をぐずぐずしているんだ。写真はあったのか？　早くしろ。俺はこんな姿勢をいつまでも続けているわけにはいかないんだ。みっともない。車掌が来たら何て言い訳すればいいいんだ。

車掌はしばらく来ませんよ。切符も旅券も調べましたから、後は、ベッドの用意をする時間までは来ませんよ。

車掌の留守には、ねずみがはしゃぐ。

だめです。奥にあるみたいなんですけれど、腰が痛くて、届かないんです。

わたしがやってみましょうか。

すみませんが、そうしてください。どうやら、あなたの位置からの方が、やりやすそうだ。

それでは、あなたは、まず、席に戻って下さい。

はい。いてて。

ひどく痛みますか。

いいえ、どうにか我慢できます。

それから、今度は、そちらのあなた、わたしの膝の上に置いた足をしばらく、宙に浮かしてください。わたし、その間に立ち上がりますから。わたしが立ち上がったら、わたしの座席にその足を下ろしてください。

そんなこと、無理だ。足を腹より高く上げるなんて、この腹では。

御無理なさってはいけませんわ。でも、人助けと思ってがんばってくださいな、さあ。

うーん、無理だ。腹に力が入らん。

それじゃあ、わたしが足をつかんで、上に持ち上げてさしあげますわ。

やめてくれ。他人に足を触られると、髪の毛が全部逆立つくらい、くすぐったいんだ。

そっと持ちますから。

そっと触られるのが一番だめなんだ。

それじゃあ、乱暴に持ちます。

いや、あなたの指を見ただけで、もう気が変になりそうだ。だめだ。

想像の中の蚤は実際の蚤よりもかゆい。

おまえはどうして、変な諺を引用して、口を挟むんだ。おまえの気持ちは全く分からん。

知らぬが仏。

もう、やめてくれ。諺を聞いていると、いらいらしてくる。

沈黙も又、答えなり。

本当の沈黙ならばいい。だが、おまえの諺は、反論の余地のない、ばらばらの知恵だ。

この人に、そんな間抜けな批判を浴びせても、自分が笑われるだけですよ。

なんだと。

ここは、車輪の上。いろいろな話し方をする人たちがいます。人の話を聞けない人は降りた方がいいんだ。

なんだと。降りるのは、あんただろう。勝負はもうついていたはずだ。

どうして僕だけが降りなければならないんだ。夜行列車では、誰もが眠る権利がある。夜行に乗って、夜の始まる前に降りる人間がいるか。

それはそうだが、あんたには降りてもらうしかない。負けた奴は降りるんだ。

夜が近づけばもう、勝ち負けは関係ない、ということを知らないのか。

俺の言う勝ち負けというのは、民主主義のことだ。三対一、民主的な多数決で決めたことだ。このコンパートメントの中のことはどんな外部の権力者にも決めさせない。車掌にも口は挟ませない。自分達だけで決める。直接民主主義だ。

僕は降りない。

降りなくていいわよ。

ほら、転向者が出た。二対二だ。

去る者は金、去らぬ者は猫目石。

それは、どっちに味方しているんだ。

僕が思うには、諺しか口にしない人間は、どちらにも賛成していないんだと思うな。つまり、三人で決めるしかない。二対一で、僕の勝ちだ。僕は残る。おまえが降りろ。何を馬鹿なことを急に言いだすんだ。俺は初めから乗っていたんだぞ。座席の予約もした。寝巻きもちゃんと持って来た。どうして俺が降りるんだ。

誰も降りなくていいんですよ。

え？

寝台が四つあるのに、どうして、わたしたちはいつも、一人、降ろそうとして戦うんでしょう。

邪魔な奴がいると眠れないからだ。

眠りの中では、わたしたちは、みんな一人っきりではありませんか。夢のなかでは、窓から飛び下りてしまう人も、出発地に取り残されたままの人も、もう目的地に到着してしまった人もいます。わたしたちは、もともと同じ空間にはいないのです。ほら、土地の名前が、寝台の下を物凄いスピードで走り過ぎていく音が聞こえるでしょう。一人一人違うんですよ、足の下から、土地を奪われていく速さが。誰も降りる必要なんかないんです。みんな、ここにいながら、ここにいないまま、それぞれ、ばらばらに走っていくんです。